中、日、英慣用語句

——日常會話實用手冊

章陸 編著

三民書局 印行

國立中央圖書館出版品預行編目資料

中、日、英語慣用語句：一日常會話實用手冊／章陸編著. --初版. --臺北市：三民，民83
面；　公分
ISBN 957-14-2119-7(平裝)

1.日本語言-會話　2.英國語言-會話　3.中國語言-會話

803.188　　　83009814

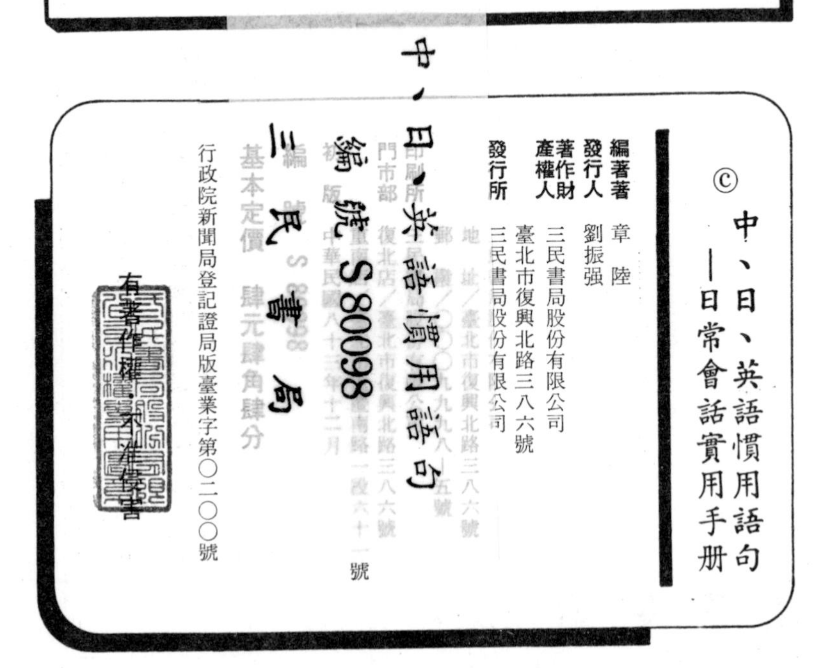
ⓒ 中、日、英語慣用語句
—日常會話實用手冊

編著者　章　陸
發行人　劉振強
著作財產權人　三民書局股份有限公司
臺北市復興北路三八六號
發行所　三民書局股份有限公司
地址／臺北市復興北路三八六號
郵撥／〇〇〇九九九八－五號
印刷所　三民書局股份有限公司
門市部　復北店／臺北市復興北路三八六號
重南店／臺北市重慶南路一段六十一號
初版　中華民國八十三年十二月
編號　S 80098
基本定價　肆元肆角肆分
行政院新聞局登記證局版臺業字第〇二〇〇號

ISBN 957-14-2119-7 (平裝)

自 序

世界各國的語文，都各有其慣用語句，這類定型的慣用語句特別普及於日常生活的會話範圍，用途最廣。當學習外國語言時，若先從這方面著手，最容易發生興趣。因為有了興趣，也就容易記憶在心。一經記憶得多了，再加實地接觸嘗試的機會，領悟出語句的穿插、連結、重組的活用技巧，自然便能達成言所欲言的境界了。

所謂慣用語句，即是人人都共同遵守而形成為固定格式化了的一種說法。你如果不照這種說法來說，不僅對方難以理解你所說的真意為何，甚至還會滋生出曲解與誤會，免不了被視為奇妙怪異，說不定還會貽笑大方。所以基於此一認識，可知一定要把那些日常生活中固定格式化了的慣用語句熟悉上口，才能藉說話的表現法與對方交流，取得所期望的效果。

本書係就日、英兩種語言配合著中國話，選出日常生活最實用的，最相通無間的慣用語句舉例，兼有所解說，作為學習日、英語會話的輔助讀物。內容照引發興趣的一些事例，編列為以下十一篇:

1. 禮儀篇
2. 電話篇
3. 旅遊篇
4. 飲食篇
5. 訪問篇
6. 請託篇

7. 購物篇

8. 雜談篇

9. 商務篇

10. 書信篇

11. 單字篇

在排列次序上，每篇內容乃是先提出中國話的說法；次為日語的說法；再次為英語的說法。每篇的取材設想，則是根據實際體驗資料寫出來人人都會在日常生活中接觸到的情況。三種語言對照相映之下，我們可以看出慣用語句的說法，有一共通的特徵：這不是在作文章，而是力求簡明，避免生硬難解的字句，用以促成說者與聽者的敏銳反應。

本書編著的著眼點，是給初習日、英外語的朋友們，提供自修的參考。希望這一小書能真正地成為您練習日、英語會話的實用手冊之一。

章　陸　誌於日本東京

一九九四年春

目　次

自　序…………………………………………………………………… 1
禮儀篇 ………………………………………………………………… 1
電話篇 ………………………………………………………………19
旅遊篇 ………………………………………………………………31
飲食篇 ………………………………………………………………55
訪問篇 ………………………………………………………………77
請託篇 ………………………………………………………………95
購物篇 …………………………………………………………… 109
雜談篇 …………………………………………………………… 125
商務篇 …………………………………………………………… 149
書信篇 …………………………………………………………… 167
單字篇 …………………………………………………………… 189

禮 儀 篇

早安。（您早。）

お早(は)よう。（お早ようございます。）

Good morning.

△早晨一起來，從家人互道早安起，以至外出與人見面，首先都是以這句禮貌的寒暄，開始了一天的忙碌生活。莫要小看這句極簡單的應酬話，它在無形中已建立了人際關係和諧氣氛的第一步。禮貌的寒暄，是日常生活的精神支柱。

您好。（日安。）

今日(こんにち)は。

Good day.

Good afternoon.

△中國話的「日安」尚不通行。說了早安後，在上午十一時到天黑這一段時間內，大概人與人相見時均以「您好」問候。

日語的「今日は」（は在此處讀わ音），適合於「お早よう」說過後一整天使用。

英語的“Good day”似不甚普遍使用。中午前後說“Good morning”也並不可笑。“Good afternoon” 總是在下午二、三時至黃昏時間內來說。

晚安。
今晚(こんばん)は。
Good evening.
Good night.

△中國話的「晚安」以在夜間的電話中使用者爲多。其次爲夜間訪問時恆以此語作爲打招呼使用。日語之「今晩は」（は在此處亦讀わ音）亦有類此情形。英語之“Good evening”與“Good night”之區分爲: 前者係黃昏時分; 後者則天已漆黑。

英語之“good morning,”“good day,”“good evening,”“good night”等語，亦可用於在每一時間帶代替「再會」(Good-bye) 之用，只是在相見時“Good”的發音略低; 相別時,“Good”的發音要高。

再見。（再會。）
さようなら。
Good-bye. (So-long. Bye-bye.)

△據稱: 英語的“Good-bye”係由“God be with you”（上帝祐汝）一語縮成，含有祝福意味。以“So-long”代“Good-bye”，爲美國青年之流行語。“Bye-bye”原爲幼兒語，現亦爲成年人所愛用。

△表示感謝的語句很多，有的指明所要感謝的內容；有的則是概

括性的極具含蓄。長句、短句不一而足。不管是屬於那一類別，聽者、說者的心情，都會是愉悅的，其可貴處在此。

謝謝。

ありがとう。

Thanks.

多謝了。

ありがとうございます。

Thank you very much. (女性多用 Thank you so much.)

太感謝了。

どうもありがとう。

Thanks a lot. (Many thanks.)

實在太感謝了。

ほんとうにありがとうございました。

Thanks a million.

諸蒙關照，多謝了。

いろいろありがとう。

Thanks for everything.

謝謝您的禮物。

プレゼントをありがとう。

Thank you for the present.

謝謝您多費心了。

とても気を遣(つか)ってくれて、ありがとう。

Thank you for being so thoughtful.

謝謝您的電話。

お電話ありがとう。

Thanks for calling.

謝謝您來看我。

会(あ)ってくれてありがとう。

Thanks for seeing me.

謝謝您大駕光臨。

来(き)てくれてありがとう。

Thanks for coming.

多謝您的幫助。

ご協力(きょうりょく)ありがとう。

Thank you for your help.

我不曉得該怎樣向您道謝才好。

何とお礼(れい)をいっていいか、わかりません。

I have no words to express my thanks.

我不曉得該怎樣報答您。

どうすれば、あなたにお返しできるでしょうか。

How can I ever repay you?

多謝您的豐富晚餐，實在是大快朶頤。

夕食にお招きくださって、大いにいただきました。ありがとうございました。

Thank you very much for inviting me to dinner. I've dined very well.

△至於對道謝者的答詞，有下列語彙:

那裡、那裡。

不要客氣。

那兒的話。

沒有什麼。

どういたしまして。

そんなにおっしゃらないで。

気にしないで。

何でもありません。

You're welcome.

Don't mention it.

Never mind.

It's really nothing at all.

△在公共場所、街上、車內常會見到相識者與友人們相晤時的應

對光景。從其交談的話題及語氣中，常會表露出友誼的深淺程度。

好久不見啦，您好?

まあ、しばらくでした。お元気ですか。

Oh, it's been a long time. How are you?

久違啦，您府上都好?

お久し振りですね，お宅の皆様は。

Long time no see. How is your family?

今天好天氣呀。

今日はいい天気ですね。

It's fine today, isn't it?

老朋友，您近來可好?

おう、オールド・ボーイ、どうだね。

Oh, hallo! How are you old boy?

我們去喝點什麼，休息一下吧?

一休みしましょう、何か飲物はいかがですか?

Let's take a break. How about something to drink?

好呀。

それはいいですね。

That's a good idea.

我們該有多少年不見啦?
あなたに最後にお会いしてから何年たったでしょう。
How many years has it been since we last saw each other?

大約有十年了吧。
十年かそれくらいでしょう。
It must be ten years or so.

希望不久再見面。
近い内にまた会いたいですね。
Hope to see you again soon.

讓我們常常連絡吧。
いつも連絡を取り合いましょう。
Let's keep in touch.

△人與人在社交集會上之初次相見相識，大半都是經人居中安排介紹。在介紹的程序上是: (1)先將年輕人介紹給年長者; (2)先將職位或社會地位低的人介紹給職位或社會地位高的人；(3) 先將男性介紹給女性 。 還有如欲行握手禮時， 男方須看女方是否先伸出手來而定。接受介紹的年長者與地位高的人亦以自行伸手快捷者方算合禮。在此時被介紹的雙方，同時會並發出相同的語句，那就是:

幸會、幸會。

はじめまして。お会いできて、たいへんうれしいです。
I'm glad to meet you. (I'm happy to know you. It's nice to meet you, too. I'm glad to have the honour of meeting you.)

久仰大名了。
あなたのおうわさはよく承りました。
I have often heard of you. (I have heard so much about you.)

希望我們能做朋友。
よろしくご交際を願います。
I'm glad to make your acquaintance.

△道歉語也是人們經常掛在嘴邊的，它有緩和大大小小對立、衝突的潛力功能。

失禮、失禮。
しつれいしました。
Excuse me.

對不起。（對不住。）
すみません。
I'm sorry.

實在抱歉。

ほんとうにすみません。

I'm really sorry.

眞是太抱歉啦。

申し訳ありません。

I'm terribly sorry.

請原諒。

どうぞお許しください。

Please forgive me.

請容許我道歉。

謝らせてください。

Please let me apologize.

我錯啦。

わたしがわるかったです。

It was my fault (my mistake).

對不起，太麻煩您啦。

ご迷惑をおかけしてすみません。

Sorry to trouble (bother) you.

△回答道歉表示而予以原諒的語句如下述:

沒關係。

いいですよ。

It's okay. (That's O.K..)

沒有什麼。

結構(けっこう)ですよ。

It's all right. (That's all right.)

不必耽心。

だいじょうぶです。

I'm fine.

沒問題。

問題(もんだい)ありません。

No problem.

放心好了。

気にしないでください。

Don't worry about it.

△祝賀類語句，最受歡迎。語句本身釀造出了明朗的感覺。中國話的「恭喜」、日語的「おめでとう」、英語的"Congratulations"都具有這種色彩，適用於各種各樣的慶事。

恭喜您昇官啦。

ご昇進おめでとう。

Congratulations on your promotion.

恭喜您考上大學啦。

おめでとう。大学試験に合格したそうですね。

Congratulations, I heard you passed the examination for university.

恭喜您畢業啦。

御卒業を心からお祝い申し上げます。

I heartily congratulate you on your graduation.

恭喜您當選啦。

ご当選おめでとう。

I congratulate you on your election.

恭喜您到外交部就職啦。

おめでとう、外務省に就職したそうですね。

Congratulations, I heard you get a job with the Ministry of Foreign Affairs.

聽到您的好消息，好高興。

君のすばらしい知らせをきいて大へんうれしいでした。

Hearing your wonderful news, I was so happy.

恭喜您將要結婚啦。

おめでとう、結婚(けっこん)されるそうですね。

Congratulations, I heard you are going to get married.

△在此處有一點值得注意: 英語的“Congratulations”一語對男女結婚致賀，只能用之於對新郎，卻不便於面對新娘如此說。這是什麼原因呢？原來“Congratulations”的本義是對平日不懈努力得來酬勞結果的賀詞，如用在新娘身上，那就等於對新娘說: 「你拼命追男人，總算達成結婚目的了，恭喜恭喜。」這豈不是有意輕侮新娘嗎？所以對新娘道賀時，要改用另種語句: “What a beautiful bride! I wish you great happiness.”（好漂亮的新娘子，恭祝多福。）簡單地說的話，可用“Best wishes”“Good luck”。若是面對新郎、新娘兩人同時致賀時，卽用: “Congratulations and best wishes”或“Best wishes and good luck”，這樣就能面面顧到，恰當得兩全其美了。

恭喜你們有了小寶貝。

赤(あか)ちゃんの誕生(たんじょう)、おめでとう。

Congratulations on your new baby.

恭祝生日快樂。

ご誕生日(たんじょうび)おめでとう。

A happy birthday to you.

祝多福長壽。

このおめでたい日が幾久しく繰り返されますように。

Many happy returns of the day.

△在中國、日本，人們於相聚一起時，彼此互問年齡，無論男女都是很平常的事情。但在西方國家如英、美等國，除非是很熟識而要好的親友，大家都忌談年齡，尤其是對婦女，問年齡算是不懂禮貌的。

中、日兩國在這點上還有相同的地方，那就是：在說自己是多少歲的時候，都直接說明歲數是多少，來回答對方的詢問；而且詢及年齡尚含有表示親切關懷之意。英、美人在道及自己的年齡時，則喜用西曆那年那年誕生的（如謂：生於1960年。），這樣，就需一道計算手續。

中、日兩國人在談年齡時，常慣於讓人猜猜看，並作外觀較年齡顯得年輕或年老的評論，總是毫不介意的。這種情景也是到處可見，大家對年齡問題非常開放。

貴庚？（您今年多大年紀啦？）

あなたは、おいくつですか。

How old are you? (What is your age?)

您看我該有多大年紀啊？

僕はいくつだと思いますか。

How old would you take me to be?

嗯，讓我想想看：大概二十歲吧。

そうですね、二十才(はたち)くらいでしょう。

Well, let me see, I should say you are twenty years of age.

您說對啦。

あたりました。

You are quite right.

您還年輕的很呀!

あなたはまだ若(わか)いですね。

You are still young.

您看他（她）有多大年紀呢?

あなたは彼(かれ)（彼女(かのじょ)）をいくつくらいと思いますか。

How old do you think he (she) is?

大概四十歲吧!

四十才(よんじっさい)くらいでしよう。

About forty, I think.

她才三十歲呀，可是看起來老相些。

彼女はふけて見(み)えますが、まだ三十才(さんじっさい)ですよ。

She is only thirty years old, but she looks older.

△到了新年，是人人見面要相互致賀的日子。歐美國家在新年前

的十二月二十五日定爲聖誕節，將兩者結連起來，更增加了祝賀氣氛，所以賀聖誕節卡片和賀年片是一體的，卡片上的字句，就是將兩者並列致賀的。如:「恭祝聖誕並賀新年」(Merry Christmas and Happy New Year)，男女老少均以在進入十二月後以忙於寄發與收受此種賀卡爲樂。現在不僅是歐美基督教國家如此，大多數國家的人亦是如此，已經成爲全世界的流行風尚了。在臺北，在東京，都可看到此景。

聖誕節快樂。

クリスマスをお祝い致します。

A Merry Christmas to you.

恭祝聖誕多福。

クリスマスを心からお祝い申し上げます。

With best wishes and heartiest greetings for Christmas.

恭祝闔府聖誕快樂。

心からクリスマスのお祝いを君と家族にお送りします。

I heartily send all good Christmas wishes to you and your family.

恭祝聖誕快樂新年多福。

楽しいクリスマスと幸福な新年をお祝い申し上げます。

I wish you a Merry Christmas and a Happy New Year.

恭禧恭禧。

あけましておめでとうございます。

A Happy New Year to you.

元旦，我到各家去拜過年了。

私は元日になって年始回りをしました。

I made a round of New Year's calls on New Year's day.

△跟聖誕節相關的一些專用語，大致如下所列:

聖誕節前夕。

クリスマス先夜。

The Christmas Eve.

聖誕節禮物。

クリスマスのプレゼント。

Christmas present.

聖誕樹。

クリスマスツリ。

Christmas tree.

聖誕卡。

クリスマスカード。

Christmas card.

聖誕節裝飾。

クリスマス・デコレーション。

Christmas decoration.

△跟新年相關的一些專用語，有的中、日、英所用者未必相同，但在習俗意義上，則是相通的。大致如下所列:

除夕。

大みそか。

New Year's Eve.

元旦。

元日。

New Year's Day.

賀年片。

年賀状。

New Year's card.

年底。

年末。

The Year-end.

拜年的客人。

年賀客様。

New Year's caller.

春聯（中式新年裝飾品）。

松かざり（日式新年裝飾品）。

New Year's decoration.

壓歲錢。

年玉。

New Year's present.

電 話 篇

△電話機已成爲現代日常生活中幾乎不可須臾缺少的工具，除了處處有固定裝置的可用外，又有携帶在身上，其體積小到可放在襯衣口袋裡的「行動電話機」。如今都是一律直撥通話，只要一撥號碼，跟近在眼前的；遠在天邊的全世界各地的人，就像面對面一樣地暢談無阻。不久還會有電視電話機，連人的面部表情，說話動作都一一映顯於畫面，那就更逼眞了。

有許多由打電話所產生各種情況下的用字用語，爲大家所常用、喜用，逐漸成了一套慣用的專用術語，如：一接話機，彼此先要開口講的中國話「喂，喂」，日語「もしもし」，英語的"Hello"，這就是一項此類專用術語的標誌。

茲舉若干事例：

您是那位？
どちらさまですか。
May I ask who is calling? (who is it (that)?)

我想跟王先生講話。
王さんと話したいのですが。
I would like to speak to Mr. Wang.

我就是。

わたしです。

This is he.

請等一下。

ちよっとお待ちください。

Just a minute, please.

他（她）在家。

はい、彼（彼女）は居ます。

Yes, he (she) is in.

他出去啦。

彼はでかけました。

He is out now.

他剛剛出去。

ちよっといまでかけたばかりです。

He has just gone out.

他什麼時候回來？

いつごろお帰りですか？

When will he be back?

他回來以後，我告訴他給您回電話。

彼が帰って来たら、折返し電話させます。

I will tell him to call you back when he is back.

讓他給您回電話好嗎?

彼にかけ直させましょうか。

Do you want him to call you back?

我想他會給您回電話的。

彼はこちらからかけ直すと思います。

He will call you back, I think so.

他知道您的電話號碼吧?

彼はあなたの電話ナンバーを知っているでしょうか。

Does he know your phone number?

你要不要他現在那個地方的電話號碼?

彼の出先の電話番号を申し上げましょうか。

Would you like to have his phone number at the place where he is now?

您要不要留話?

伝言を取って上げましょうか。

Would you like me to take a message?

我想留個話。

伝言をお願いしたいのですが。

I'd like to leave a message.

我回頭再打電話給他。

また後で彼に電話します。

I'll call him later.

請不要掛掉。

電話を切らないてください。

Hold the line, please.

我去叫他（她）。

彼（彼女）を呼んできます。

I'll get him (her).

我去告訴他（她）你來了電話。

彼（彼女）に電話だといってきます。

I'll tell him (her) you're calling.

聽不大清楚，請稍微大點聲音講。

聞きとれません。ちよっとお声を高くねがいます。

Sorry, I can't hear you. Please speak a little louder.

接到您的電話眞是高興。

まあ、電話してくれてとてもうれしいです。

It's so nice to hear from you.

想聊天的時候，請隨時再來電話。

話したいと思ったときはいつでもまた電話してください。

Please do call again, anytime you feel like talking.

對不起，您大概是撥錯了號碼。

残念(ぜんねん)ながら、まちがってかかっています。

Sorry, you must have the wrong number.

抱歉抱歉，我撥錯了號碼。

まちがってかけて申し訳ありません。

I must have called a wrong number. Excuse me, please.

△當你打電話給你的朋友，時間是早晨很早；或是在夜裡很晚，那麼，你首先應該向你的朋友說的第一句話，要怎樣說才合禮儀呢？

あなたは朝早く、或いは夜分遅く、友達に電話をかける時に一番最初に言うべき言葉がどういう風にいいますか。

When you call a friend of yours very early in the morning or very late at night, what should you say to your friend first?

對不起，這麼早就打電話打擾您。

どうも朝早くお電話をかけまして、すみませんでした。

Sorry to call you so early in the morning.

對不起，這麼晚還打電話打擾您。

どうも夜分おそくお電話をかけて、すみませんでした。

Sorry to call you so late at night.

△打長途電話、國際電話，有三種打法:

1. **撥號通話**（番号通話，Station-to-station）：此種電話，即可自行按照電話局所訂號碼再加對方號碼，直撥通話，不必經過電話局接線。

2. **指名通話**（パーソン・トウ・パーソンコール，Person-to-person）：此種電話係指定對方姓名與電話號碼，要求與其通話，故必須先經過電話局與對方連絡。該人在時，電話局即行告知通話，收費亦自此際起計算。若該人不在並作罷時，則不需支付任何費用。

3. **對方付費通話**（コレクトコール，Collect）：此種電話必須先經過電話局向對方詢問是否願支付此項費用後，始定。其間，要稍待些許時間，一俟接線生（operator）通知對方答應付費，即行通話。

我想打國際電話到日本東京。

日本東京へ国際電話をかけたいのですが。

I'd like to make an international phone call to Tokyo, Japan.

東京的3408-4941鈴木一，指名通話。

東京の 3408-4941 の鈴木一さん、パーソン・トウ・パーソンコールお願いします。

I want to call Suzuki Hajime, Tokyo 3408-4941. Please make it person to person.

我想打國際電話到紐約。

ニューヨークへ国際電話をかけたいのですが。

I'd like to make an international phone call to New York.

紐約的 123-456 瑪麗小姐，對方付費通話。

ニューヨークの 123-456 のミスマリー、コレクトコールお願いします。

I want to call Miss Mary, New York 123-456. Please make it collect.

您指名的人不在。

ご指名の方はいらっしゃいません。

Your party is not in.

那麼，誰都可以，就好啦。

それじゃだれでもいいです。

Then, I'll talk to anyone who answers.

您叫的人來了，請講話。

お出になりました。どうぞお話しください。

Your party is on. Go ahead, please.

△旅館（大飯店・ホテル・Hotel）各房間內的電話機，具有稍異於尋常者的構造。只要照該旅館所規定的號碼說明牌直撥，即可與旅館內部各房間、各部門通話；亦可直接與外界（包括市外、長途、國際電話）通話。

旅館各設有專司電話服務的總機部門，接線生日夜爲旅客服務，如受委託於淸晨以電話叫醒酣睡之客人；撥指名、對方付費之國際電話；以及接通外界打來指定之各房間電話……等等，旅客都要充分利用房間電話的。

你撥一個零號，就會跟總機接線生講話。
0を回(まわ)しますと交換台(こうかんだい)のオペレイターにつながります。
If you dial zero, you can speak to the operator.

要先撥一個 7 號，然後再撥房間號碼，就可通話。
部屋間での通話は、まず 7 を回して、次にかけたい部屋番号を回してください。
For room-to-room, dial 7 first, and the room number you want.

打到外面的電話，要先撥一個 9 號，然後再撥外面的電話號碼。
外線(がいせん)の場合(ばあい)は、まず 9 を回して、次にかけたい番号を回してください。
Just dial 9 first, and the number you want for outside.

總機嗎？這兒是 602 號房間，明天早晨七點鐘請您叫醒我好嗎？

もしもし、交換台ですか。こちらのルームナンバーは 602 です、あす朝 7 時起こしてください。

Hello, operator? This is room number 602, I'd like a wake-up call tomorrow morning at seven.

櫃台嗎？請問結帳時間規定是幾點鐘？

もしもし、フロントですか。チェックアウトは何時ですか。

Hello, front desk? What's the check-out time, please?

房間服務處嗎？請把早餐立刻送到我房間來，這裡是 602 號房間。

もしもし、ルームサービスですか。朝食をすぐ持ってきてください。ルームナンバーに 602 です。

Hello, room service? This is room number 602. Can you send up my breakfast right now, please?

這裡是602房間，我想撥指名電話到東京。電話號碼是03-1233-4455，姓名是李芳。

こちらは 602 室です。東京へパーソン・トウ・パーソンコールをかけたいのですが、電話番号は03-1233-4455，名前が李芳です。

This is room 602. I'd like to call Tokyo, person to person. The phone number is 03-1233-4455, Miss Lee Fang.

我現在就要來結帳，請派人來拿行李好麼。

今からチェックアウトしますので、荷物を運んでください。

I am going to check-out. Please send a porter for my luggage.

中國大飯店嗎？請接866號房間李先生。
中国ホテルですか。866号室の李さんをお願いします。
Is this China Hotel? May I speak to Mr. Lee in room number 866, please?

△中、日兩國均共同使用「電話」這兩個字，並在發音上亦甚相似（屬於日語中的音讀字）。英文的"Telephone"，乃是由希臘文的"Tele"（遠的意思）與拉丁文的"phone"（聲音的意思）拼合而成，這與中國根據六書中的會意造字道理是相通的。中、日語用「電話」一詞，當然就是說：話由電流傳達之意了。（順便附帶地在此再解說一下關於"Television"（電視）一字的字源：這"Tele"亦是希臘文的「遠」；"vision"則是拉丁文的「視覺」，於是，就又拼合成"Television"。）

跟電話相關的一些專門語，用以表示機能的計有：

1. 電話機（電話機）（Telephone）
2. 話筒（受話器（じゅわき）・レシーバー）（Telephone receiver）
3. 指針盤（ダイヤル）（Dial）
4. 電話簿（電話帳）（Telephone book）
5. 電話亭（電話ボックス）（Telephone box）
6. 電話號碼（電話番号（ばんごう））（Phone number）
7. 分機（內線）（Extension）
8. 地區號碼（市外局番）（Area code）

*9.*公共電話（公眾電話） (Pay phone)

△撥電話須經接線生（交換手（こうかんしゅ）・operator）對話手續時，接線生有幾句定型的術語，如謂：

*1.*正在講話中（お話（はな）し中（ちゅう））(Line is busy.)

*2.*混線了（ミクスト・アップ） (The line crossed.)

*3.*接通了（出（で）ました） (You are through.)

*4.*請稍等一下（ちょっとおまち下さい）(Wait a moment, please.)

△電話用語中最特殊的，就像本篇開始所舉 "Who is it (that)?" "This is he." 之例，是最令中、日兩國人覺得奇怪的說法。因爲若是按字直譯的話，總有點像指物品及另外一人來說似地，非常不習慣。可是在那種情形下，卻絕對不能使用中、日兩國人的直接說法："Who are you?" "I am ～." 必須使用已成爲大家所遵守的電話規則，把它說成爲："Who is it (that)?" "This is ～." 若想顯明表現我是某某人，則可在名字後面加一 "speaking"，以示確實無訛。關於此點，美國人在日本的英語補習班授課時，還常常諄諄相告的呢。

電話裡講完所要講的話，在即將結束時要用的一些禮貌話，也是具有成了型的語彙，下列者可斟酌情形使用：

多謝您的電話。

お電話ありがとうございました。

Thanks for calling.

耽誤了您的很長時間了。
お時間を取りました。
Thanks for your time.

再見了，改天再見吧。
さようなら、じゃ、また。
Good-bye! I'll see you again.

我要向您報告的就是這些，多謝了。
私は申し上げたいことは、こんなところです。失礼します。
That's about all I had to say. Thank you.

請代問候您的上司。
あなたの上司によろしくお伝え下さい。
Please give my regards to your boss.

請代問候大家。
みなさんによろしくお伝え下さい。
Please say hello to everyone for me.

好了，我還要再撥電話給您。
それでまた。
Well, I'll be talking to you again.

旅遊篇

△航空事業的飛躍發展，使人們的旅行觀光行程擴及於全世界各地。當辦妥出國護照後，下列各項節目中就要有這些問答語句了。

辭　行

我今天特來拜訪問候，並向您辭行。

今日はお機嫌伺い方々暫くお暇乞いにあがりました。

I came here today to pay you my respect and give you farewell for a short time.

怎麼！您要出遠門嗎？到什麼地方去呀？

なんですって、どこかへおでかけですか。どちらへ。

What! Are you going away any where? To where?

到日本、美國去一趟。

日本とアメリカに行きます。

I'll go to Japan and America.

要出去好久？

どの位お滞在になりますか？

How long do you stay there?

打算去兩個月的樣子。

だいたい二ヶ月位です。

I intend to stay there about two months.

幾時出發呀?

いつお立ちですか。

What day do you start?

在星期天上午。坐中華航空飛機。

日曜日の朝です。中華航空で行きます。

On Sunday morning. I'm going by China Airline.

祝您一路順風。

御無事にいい旅をしてください。

I hope you will have a nice trip. (I wish you a good journey.)

機票訂位後之確認手續

我想確認一下我預約的班機。

フライトの予約の確認をしたいのですが。

I'd like to confirm my flight reservation.

請告訴日期、班機號碼和您的大名。

日時と便名、それにお客様の名前をどうぞ。

The date, the flight number and your name, please.

辦理搭乘手續

我來辦搭乘手續，這是我的機票和護照。

チェックインをお願いします。これは私のチケットとパースポートです。

I'd like to check in. Here is my ticket and passport.

您要靠窗的座位，還是過道旁的座位？

窓側と通路側のどちらになさいますか。

Would you like a window or aisle seat?

這是您的搭機券。

ボーデイングパスをどうぞ。

Here is your boarding pass.

飛 機 内

繫好座位的安全帶。

安全ベルト着用。

Fasten seat belt.

您在飯前先喝點什麼？

お食事前に何か飲み物いかがですか。

What would you like to drink before meal?

請給我來一杯橘子汁吧。

オレンジ・ジュースいただけますか。

May I have orange juice, please.

這兒是吸煙席還是禁煙席？

ここは喫煙席(きつえんせき)ですか、それとも禁煙席(きんえんせき)ですか。

Is this a smoking seat or non-smoking seat?

您去那裡？

どちらまでいらっしゃいますか。

How far are you going?

我要到舊金山去。

サンフランシスコまで行きます。

I'm going as far as San Francisco.

您多久出國一次？

よく海外(かいがい)へ行かれますか。

How often do you go abroad?

啫，不是常常的。大概一年兩次吧。

ええと、度々(たびたび)じゃない、だいたい年に二回ほどです。

Well, not often. Usually around two times a year.

從臺北到東京要飛幾小時呀？

台北から東京まで飛行機で何時間かかりますか。

How many hours does it take to fly from Taipei to Tokyo?

大約三小時吧。

約三時間でしょう。

It takes about three hours.

我們是在空中偶然相識的朋友呵，眞是高興呀!

私たちは空旅の偶然の知り合いです、楽しかつたですよ。

We are the casual acquaintances of the air voyage. How wonderful!

什麼時候我們還會再見的。（後會有期）

私たちはいつかまた会うでしょうね。

We can meet again sometime.

到啦。

つきましたよ。

Here we are.

通 關

請讓我看看護照。

パスポートを見せてください。

Your passport, please.

您的旅行目的是什麼？

旅行の目的は何ですか。

What is the purpose of your visit?

觀光。

観光です。

Just for sightseeing.

爲了商務。

商用で来ました。

I came for business.

來留學。

留学で来ました。

I came to study.

來探親。

家族に会いに来ました。

I came to see my family.

您打算在這裡住好久？

ここにどのくらい滞在の予定ですか。

How long will you stay here?

大約三星期。

約三週間です。

About three weeks.

您要住在那裡？

どちらに滞在するのですか。

Where are you going to stay?

東京帝國大飯店。

東京帝国ホテルです。

Tokyo Imperial Hotel.

請拿給我看看您的護照和報税單。

パスポートと税関申告書を見せてください。

Please show me your passport and declaration card.

您有什麼特別要申報的東西嗎？

特別に申告する物はありませんか。

Do you have anything to declare specially?

我沒有要申報的東西。

私は申告する物がありません。

I have nothing to declare.

都是我的日用品。

全部私の身の回り品です。

These are all my personal effects.

這是送給朋友的禮物，中國名茶。

友人へのおみやげで、中国の名茶(めいちゃ)です。

This is China famous tea as souvenir for a friend of mine.

我想換點錢。

両替(りょうがえ)をお願いします。

I'd like to change my money.

我想把這旅行支票兌成現款。

このトラベラーズチェックを現金(げんきん)に替(か)えたいのですが。

I'd like to cash my traveler's checks.

我想換一點零錢。

小銭(こぜに)をいただけますか。

Can you break this into small money?

您想要怎樣的零錢？

どのように崩(くず)しますか。

How would you like it?

我想把這一張日本的一萬元鈔票換成五千元的一張，一千元的五張。

この日本の一万円札(いちまんえんさつ)、五千円札(ごせんえんさつ)を一枚(いちまい)、一千円(いっせんえん)札を五枚(ごまい)ください。

I'd like you break this Japanese currency ¥10,000 into one ¥5,000 bill and five ¥1,000 bills, please.

△飛機場的來、去、迎、送人群，是繼以往出現於火車站、輪船碼頭的戰後新景之一，人際關係的結合，也新增了一個場地。

中華的018班機準時到嗎？
中華航空の018便は時間の通りに到着しますか。
Will China Airline 018 flight arrive on time?

是的，準時到達。
はい、時間の通りにつきます。
Yes, it will be arriving on time.

要遲到一小時呢。
そうですね、一時間遅れています。
It is delayed by an hour.

我想請呼叫一下我要接的人。
呼び出していただけますか。
Is it possible to page someone for me?

我想請您呼叫山本夫婦。
Yamamoto夫妻を呼び出していただきたいのです。
I'd like to have Mr. and Mrs. Yamamoto paged, please.

我不曉得他能否找到我們。

彼は私たちをみつけられるかね。

I wonder if he can find us.

歡迎歡迎。

ようこそ。

A hearty welcome to you.

謝謝您的光臨。

来てくれて、ありがとう。

Thank you for coming. (Glad you could come.)

旅途都安適吧？（飛機上還舒服吧？）

旅は快適(かいてき)でしたか。（飛行機はいかがですか。）

Did you have a good trip? (Do you have a good flight?)

是的，諸事都很順利。

ええ、万事(ばんじ)うまくいきましたよ。（とても快適(かいてき)でした。）

Yes, I did. Everything was just beautiful. (It was very comfortable.)

久違、久違。近來可好？

ずいぶん久しぶりだね、うまく行っているか。

It has been quite a long time (since I saw you). How's everything?

託福、託福。一切都好。

おかげさまで相変らず元気ですよ。

I've been fine (very well), the same as ever, thank you.

勞諸位特別到機場來接我，眞是多謝啦。

わざわざ空港までお出迎えくださってありがとうございます。

Thank you very much for coming to the airport to meet me.

我們能此地重聚，眞難得呵。

またここにお会いできてほんとうにありがたいことですね。

It's certainly good to see you again here.

我還沒預訂下旅館呢。

まだホテルの予約をしていないですよ。

I haven't made a hotel reservation yet.

別瞎說啦！您是我們家裡的貴賓呀。

何をバカなことを……。うちの客様じやありませんか。

Oh, don't be silly! You are our house guest.

請在這兒稍等，我到停車場把車開過來。

ここにちょっといてください。駐車場から車を持ってまいります。

Would you be here, and I'll bring my car here from parking place.

昨天晚上的聚會還不錯吧。

昨晩（さくばん）のパーティは楽しかつたですか。

How did you enjoy the party last night?

眞是正如諺語所說相會卽是相別的開始。

ほんとうに諺（ことわざ）にもあるように会（あ）うは別（わか）れの始（はじめ）だというのですね。

In fact, as the proverb says "meeting is the beginning of parting."

我不曉得該怎樣感謝您這樣照顧我。

いろいろお世話（せわ）になってお礼（れい）のことばもありません。

I just don't know how to thank you for everything you did for me.

我一生都不會忘記這段日子和您全家一起的生活。

みなさんと御一緒（いっしょ）にすごした毎日（まいにち）のことを私は一生（いっしょう）忘（わす）れません。

I shall remember every moment I spent with you and your family for the rest of my life.

我回到臺灣後，就要寫信給您的。

台湾に帰ったら、お手紙（てがみ）をさしあげます。

I'll write to you when I return to Taiwan.

勞您還要來送，眞不敢當啦。

お見送（みおく）りおそれいります。

It was so kind of you to come and see me off.

請先回吧，我知道您是忙人。

お忙(いそが)しいことはわかっておりますので、どうぞいらっしゃってください。

Please go. I know you're busy.

您坐的那班飛機幾點鐘起飛呀?

あなたの乗る飛行機は何時(なんじ)に離陸(りりく)するのですか。

What time does your flight take off?

您到臺灣旅行過嗎?

台湾を旅行したことがありますか。

Have you ever traveled in Taiwan?

請來玩一次嘛。

ぜひ一度(いちど)おいてください。

I wish you would.

有機會的話，一定會去的。

機会(チャンス)があれば、行きたいのですがね。

I would like to, if I have a chance.

請代問候嫂夫人。

奥様(おくさん)によろしくおつたえください。

Please say hello to your wife for me.

一路順風。

いい旅(たび)をお祈(いの)りします。

Have a nice trip. (Bon voyage.)

盼望不久再相見。

またすぐ会いましょう。

Hope to see you again soon.

△大凡飛機場距離市區都是很遠，尤其是日本東京的成田 (Narita) 機場距離東京最遠，是世界聞名的。因此，除非是坐私用轎車，一般人很少願花大價錢坐計程車的。比較省錢省時的交通工具是搭乘電車和 “Limousine”.

“Limousine” 是一個新字，照英文字典的解釋是:「將駕駛座位與乘客座位以玻璃隔開的汽車; 載客用的小型客車; 可乘五人的高級轎車。」其實，這種解釋早已不符現實情形。“Limousine” 乃是飛機場與市區之間的大型公共汽車 (Bus)，設備豪華，每人的座位寬廣舒適，爲求旅客的便利，它在機場有固定的起點，開往市區係以各著名大飯店爲經過停站及終點。其由市區開往機場則照規定於各大飯店的時間表經由，即不住在該大飯店的旅客，亦可按其所定時間前來購票搭乘。“Limousine” 似尙無中國譯名，它和普通公共汽車確亦應有所區分，以利辨認。(按日本爲音譯: リムジン。)

坐計程車到東京帝國大飯店，要多少錢?

東京帝国ホテルまで、タクシーでいくらくらいかかりますか。
How much does it cost to go to Tokyo Imperial Hotel by taxi?

那太貴啦。不如坐里姆津划算。
それはたかいですよ。リムジンのほうがやすい。
That's too expensive. You can take the limousine; the fare is cheaper.

坐里姆津還可直接在各著名的大飯店下車。
リムジンに乗ったら、また直接各有名なホテルに降りることができます。
If you take the limousine, you can directly get off at the major hotels.

這輛里姆津開往新宿大飯店嗎？
これは新宿ホテル行きますか。
Does this limousine go to the Shinjuku Hotel?

請坐到終點站後，再各自去自己的旅館。
これに乗って、ターミナルからご自分でホテルへおいてなさい。
Take this as far as the terminal. From there you'll have to get to the hotel on your own.

我在這兒可以雇到計程車嗎？

ここでタクシーが拾えますか。

Can I catch a taxi here?

請您開到我寫在這紙上的旅館。

ここに書いてあるホテルまで行ってください。

Please take me to this hotel.

△住旅館，最好在事前先辦好預訂手續，走進旅館的首先問答，也就是有無這項預訂之事。旅館的住宿規程以及諸項設備，幾乎全世界各地都是同樣的，用語亦皆以世界通用的英語爲準。如：各房間門外所掛告知牌的兩句話，一面是："Please Don't Disturb (請勿驚擾)"；一面是："Please Make Up This Room. (請打掃房間)"，皆爲英語。

請問您預訂過嗎，貴姓？

予約がありますか、お名前をどうぞ。

Do you have a reservation? Your name, please.

我沒有辦預訂，有房間嗎？

予約がありません、あいている部屋がありますか。

I don't have reservation. Do you have any rooms available? (Do you have any vacancies?)

請填寫這個卡片。

この宿泊カードに記入してください。

Would you fill in this card (registration card)?

我想把貴重品存在這裡。

貴重品を預かってください。

I'd like to deposit my valuables in the safety box.

請您塡好這卡片，也請您簽字。

このカードにご記入し、サインをお願いいたします。

Would you fill in this card and put your signature here?

我想再多住一個禮拜。

滞在を一週間延期したいのですが。

I'd like to extend my stay by one week.

浴室裡沒有肥皂啦。

浴室に石けんがありません。

There is no soap in my bathroom.

浴室的電燈不著啦。

浴室の電気がつきません。

The light in the bathroom doesn't work.

空調有點不靈。

エアコンの調子が悪いのですが。

There is something wrong with the air conditioner.

我把鑰匙忘在房間裡啦。

部屋の鍵を部屋に忘れてしまいました。

I left my key in my room.

我想到這旅館的游泳池去，它在那兒？

ここのホテルのプールを使いたいですが、場所はどこですか。

I'd like to use the hotel pool. Could you tell me where it is?

我有些要洗的衣物，什麼時候可以洗好？

洗濯物を出したいですが、仕上がりはいつになりますか。

I'd like to have some laundry done, when will it be ready?

明天晚上可以拿來嗎？

あすの夕方までにできますか。

Can I get it back tomorrow evening?

我想到您的旅館來拜訪。

あなたのホテルに会いにまいります。

I'd like to come and see you at your hotel.

是麼，好極啦。

そうですか、うれしいね。

Is that so? That'll be wonderful.

什麼時間合適呀？

何時(なんじ)にうかがいましょうか。

What time shall I come?

過了兩點鐘以後，什麼時間都可以。

２時過ぎなら、何時でもけっこうです。

Anytime after two will be OK with me.

好的，我大概在兩點半左右來。

そうですか。それでは二時半ごろうかがいましょう。

Okay. I'll be there around half past two.

我要在二樓的咖啡室等您。

二階のコーヒーショップで、お待ちします。

I'll wait for you at the coffee shop on the second floor.

△觀光旅行的樂趣，有兩種途徑可循：一是採取自由行動的漫遊；二是參加團體節目的周遊。而兩者皆各有其長，主要是先對觀光地有預備知識，用以提高欣賞的感受。

我想到市內遊覽，這裡有那些名勝？

私はこの町を見物したいですが、どんな名所がありますか。

I want to see the sights of this city. What are the points

of interest?

我想出去觀光，您有何指教？
ちょっと観光に行きたいのですが、どこがよいか教えてください。
I'd like to go sightseeing. Can you make some suggestions?

我看您利用觀光巴士最好。
観光バスを利用されるのがよいと思います。
I think you'd better take a sightseeing bus.

對於旅行者來說，要想看日本的傳統文化，到什麼地方去看才好？
旅行者が日本の伝統的な文化を見るとしたら、どこがいいですか。
Where's the best place for tourists to see a bit of Japan heritage?

鎌倉這地方如何？那地方古老；離東京也近。
カマクラなんてどうだい。古くからの町だし、東京にも近いし。
How about Kamakura? It's an ancient city and quite close to Tokyo.

請問觀光辦事處在那裏？
観光案内所はどこですか。
Can you tell me where the tourist information office is located?

我想參加有嚮導員的觀光周遊團。

市内観光のガイド付ツアー参加したいですが。

I'd like to go on a guided tour of the city.

嚮導員是用那國話來解說呢？

ガイドさんは何語で説明しますか。

What language is the guide going to use?

有解說這地方歷史的觀光指南嗎？

この町の歴史を解説してある観光案内書はありますか。

Do you have a guide book which describes the history of this town?

我想要一位能說中國話的嚮導員。

中国語の話せるガイドを頼みたい。

I want a Chinese speaking guide.

我想參加晚間的周遊團。

夜のコースをお願いします。

I want a night tour.

這節目裡是否包括用餐在內？

食事(しょくじ)はついていますか。

Are any meals included in this?

我可以照這所房屋嗎？
この建物を撮ってもいいですか。
May I take a picture of this building?

這是有名的金門大橋，我們在橋上照張像吧。
これは有名なゴールデン・ゲイト・ブリッジです。橋の上で写真をとりましょう。
This is the famous Golden Gate Bridge. Let's take a picture on the bridge.

我想到中央公園去，怎樣去最好？
セントラルパークまで行きたいのですが、どのようにして行けばいちばんいいですか。
I'd like to go to Central Park. What is the best way to get there?

步行的話，要多長時間？
あるいてどのくらいかかりますか。
How long does it take on foot?

我們先去艾菲爾塔看看吧。
まずエッフェルタワーへ行きましょうよ。
Let's go to the Eiffel Tower first.

我們可以登高欣賞巴黎全景呀。

頂上(ちょうじょう)に登(のぼ)って、パリの全景(ぜんけい)が見られますよ。

We can go up to the top, and get a bird's-eye-view of the city.

我認爲巴黎是世界上最美的都市之一。

私はパリは世界中でもいちばん美しい都市の一つだと思います。

I think Paris is one of the most beautiful cities in the world.

眞是「百聞不如一見」哪。

やっぱり「百聞(ひゃくぶん)は一見(いっけん)にしかず」ってね。

"Seeing is believing", indeed.

您還想去什麼特別值得去的地方?

あなたが行きたい特別なところはありますか。

Is there any special spot of interest you want to visit?

那裡，我簡直是外行嘛。一切都要您包辦啦。

いいえ、私は門外漢(もんがいかん)だから、なんでもあなたにおまかせします。

No, I'm quite a stranger. So, I leave it to you.

飲 食 篇

△人生與飲食，是天天相共的連續行爲。有關這方面的用語，極具親和意義。人進飲食的處所，大致可分爲(1)在家裡；(2)在外面這兩部分。

跟朋友在外面的大小喫茶店、餐館，如果不是已經事前決定了誰來作東時，就要遇到由誰付帳的問題。此時就有兩種情況：

讓我來付好啦。

由我付，不要客氣。

私が支払います。

ここは私に任せてください。

Please let me check up the check.

Please be my guest. (It's on me.)

我們分攤吧。

我們各付各的好啦。

割り勘にしましょう。

それぞれ、自分の分を払うようにしましょう。

Let's split the bill.

Let's go Dutch. (Let's go fifty-fifty.)

△現在世界各國餐館已趨於以 (1)中餐 (Chinese food) (2)日本料理 (Japanese food) (3)西餐 (Western food) 這三種飯菜爲主流。至於喫茶店、酒吧，則幾全部供應咖啡及洋酒，中、日兩國的東方風味茶、酒，尙無立足餘地。關於飲食禮儀，東西方的融合已有定型，如：餐巾不可置於懷中；喝湯不可出聲；刀尖不可入口；進食中不可吸煙；取菜不可大量；佐料瓶不可越位逕取；刀叉、匙、筷落地不可自行拾起……等等，都成爲共守的常識。東西方的餐具有殊，代表東方的中、日兩國用筷子 (chopsticks)；西方國家用刀叉 (knife、fork)，卻是難以統合的。

日本東京及各大城市內供休憩、約會、談心的喫茶店相當多，點叫咖啡時，侍者常要問：「是要熱的，還是冰的？」這點與西方國家不同，在西方國家的習慣，咖啡必然是要喝熱的。還有，日本的咖啡一杯定價懸殊，旅館內及繁華地帶的咖啡店最貴，而且亦很少免費再添加第二杯的。

我要咖啡。

コーヒーをください。

Coffee, please.

是要熱的？還是冰的？

ホットにしますか、アイスにしますか。

Would you like hot or ice coffee?

△另有一點，東西方的口味不同：在西方國家喝牛奶，必然是喝冰涼的；中國和日本卻往往喜歡喝熱牛奶。

你的咖啡要加奶油和糖嗎?

クリームと砂糖(さとう)を入れますか。

Would you like cream and sugar in your coffee?

好的，請，多謝。

はい、どうぞ、ありがとう。

Thank you, please.

不要，我喜歡喝純味的。

ブラックのほうが好きです。

I'll take my coffee black.

給您再添一些吧。

おかわりは、いかがですか。

Would you like second helping?

好的，謝謝。

はい、いただきます。どうもありがとう。

Yes, I would. Thank you.

不要啦，謝謝。

いいえ、もうけっこうです。

No, thank you. I've had enough.

我想來一杯檸檬紅茶，跟一塊蛋糕。

レーモンティーとショート・ケーキ一つをお願いします。

A lemon tea and a shortcake, please.

我想來一杯威士忌加冰塊。

水割りをください。

May I have whiskey and water?

我想來一杯純白蘭地。

ストレートでブランデーをください。

May I have straight brandy?

我要啤酒。

ビールをください。

One larger, please. (One beer, please.)

△咖啡也是飯後必進的飲料，不加奶油和糖的稱之爲“black”。在英國卻還有另一種稱呼將加奶油和糖的咖啡，習慣地以“white”來代替。餐館侍者會向客人問:“Black or white, sir?”，如果要喝加奶油和糖的咖啡，就可說:“White, please.”。

對咖啡飲式、牛排火候的答問字彙，還算是簡單的。按英、美式早餐中例有鷄蛋一品，在被詢及如何吃法時，那就必要通曉多種的專門字彙了。

您的鷄蛋要怎樣吃法?

卵はいかがいたしますか。

How would you like your eggs?

要十分煮熟的。

かたゆでてお願いします。

Hard boiled, please.

要煮成半熟的。

半熟(はんじゅく)でお願いします。

Soft boiled, please.

您喜歡煮幾分鐘的？

何分ゆでますか？

How long would you like it?

煮四分鐘的就好。

4分間ゆでてください。

Four minutes, please.

我想要油煎一面的荷包蛋。

目玉焼(めだまや)きをください。

I'd like fried eggs, sunny-side up, please.

我想要兩面油煎的荷包蛋。

両面(りょうめん)焼いてください。

Up over easy, please.

我想要炒蛋。
いり卵ください。
I'd like scrambled eggs, please.

我想要煮的荷包蛋。
おとし卵ください。
I'd like poached eggs, please.

△爲了鷄蛋的吃法，在英、美餐館內，確是如此不厭其煩地鄭重其事，這也是由於傳統習慣所使然。但在歐洲大陸的其他國家，早餐卻是異常簡素，只備有麵包、牛油、菓醬和咖啡，被稱爲"Continental breakfast"，獨成一格。

提起日本式的早餐，那常是吃米飯、喝味噌湯，再加生鷄蛋或者是乾魚。
日本の朝食(ちょうしょく)は普通(ふつう)で飯(めし)と味噌汁(みそしる)と生卵(なまたまご)か干魚(ほしうお)を食べます。
The Japanese breakfast usually includes rice, Miso soup, and raw eggs or dried fish.

味噌（醬）是用大豆做成的。
味噌は大豆(だいず)から造(つく)ったのです。
Miso is made from soy bean.

△日本橫濱的中華街、美國舊金山、洛山磯、紐約的所謂"China town"，都是中餐館林立區域。美國的日本料理餐館亦愈來愈多，在

洛山磯有一地區類似"Japan town"，叫做小東京(little Tokyo)。

您喜歡吃日本料理嗎？

日本料理はお好きですか。

Do you like Japanese food?

我想請您到一家日本飯館吃晚飯。

日本料理屋へ夕食にお招きしたいのですが。

May I invite you to a dinner at a Japanese restaurant?

您可以吃生魚片吧。

刺身を食べられますか。

Would you like to eat raw fish?

有什麼不吃的東西嗎？

何か召し上がれないものがありますか。

Is there anything you don't eat?

您想吃的是什麼？

何を召し上がりたいですか。

What would you like to eat? (What would you like to have?)

您想喝什麼？

何をお飲みになりますか。

What would you like to drink?

日本酒怎麼樣?
日本のお酒はどうですか。
How about the Japanese Sake?

壽司很好吃。
すしはおいしかったです。
The Sushi was delicious.

我眞高興您喜歡日本料理和日本酒。
日本料理とおさけが好きとは、うれしいですね。
I'm glad you like Japanese food and Sake.

外國客人喜歡的日本料理是壽司、炸蝦和牛肉火焗。
外国のお客様に好まれる日本料理として、寿司、天婦羅、すきやきなどがありますね。
Among the Japanese foods liked best by foreign visitors are Sushi, Tempura and Sukiyaki.

在日本遇到有慶祝事體的時候，要吃紅飯和鯛魚。
日本人が祝い事のとき食べる料理に赤飯と鯛を出します。
The Japanese celebrate particularly happy occasions with red rice and sea bream.

在日本東京，你可以吃到全世界各國口味的菜。

日本東京では世界各国の主(おも)な料理が食べられます。

In Japan as Tokyo you can find examples of the cuisine of every country of the world.

△進到餐館入座後，侍者照例送來該餐館專用之菜單 (menu) 並站立在旁邊，等候客人閱後來作決定。菜單內多係列有兩種程式:
(1)定食 (table d'hôte): 菜的內容及品數已由餐館一方作主制定。
(2)點菜 (à la carte): 可自己作主點叫個別之菜，不受限制。

您請點菜吧。

ご注文(ちゅうもん)はおきまりですか。

May I take your order? (Are you ready to order?)

早飯您想吃點什麼?

朝食は何にいたしますか。

What do you have for breakfast?

跟我們一塊兒去吃中飯，好嗎?

わたしたちと昼飯(ひるめし)をとりませんか。

Would you like to have lunch with us?

下一次請您務必來我們家裡吃晚飯。

この次(つぎ)はぜひわたしたちの家(うち)に夕食にいらっしゃってください。

Next time you must come to our house for dinner.

今天的晩飯打算吃日式火鍋。

わたしたちは夕食にスキヤキを食べるつもりです。

We're having Sukiyaki for supper.

這個看起來眞棒!

これはすごいですね。

This looks great!

聞起來好香的味道呀!

とてもいい匂(にお)いですね。

What a delicious smell!

儘量吃，不要客氣。

どうぞ、たくさんめし上がってください。

Please help yourself.

請給我加點飯。

ご飯(はん)をもうすこしいただけますか。

May I have some more rice?

我想預訂一個單間。

個室(こしつ)を予約したいですが。

I'd like to reserve a private room.

我們是四個人，能有靠窗子的座位嗎?

私たち四人ですが、窓側の席をお願いします。

Can we have a table by window for four persons?

您喜歡清湯還是濃湯?

スープは、コンソメとポタージュのどちらにしますか。

Which soup would you like, Consomme or pottage?

您喜歡生菜澆那種調味汁?

サラダのドレッシングは、何にしますか。

What kind of dressing would you like?

您的牛排喜歡那種吃法?

ステーキはどのように焼きますか。

How would you like your steak?

我要烤熟的。(中熟的、半熟的)

よく焼いてください。(中ぐらいに、生焼けに)

Well done (medium/rare), please.

先生,您還點些什麼?

ほかにご注文ございますか。

Anything else, sir?

來點烈性的白葡萄酒好了。

辛口の白ワインをください。

Well, some dry white wine, please.

您看餐後點心，要來點什麼？

デザートは何をいたしましょうか。

What would you like for dessert?

我們隨後再點。

あとでたのむよ。

We'll order again, later.

諸位，請趁熱開始吃吧。

みなさん、どうぞ何もかも、熱(あつ)いうちに食べてください。

Please start eating while everything is hot, everybody.

勞您的駕，把鹽瓶遞給我。

お塩(しお)をとってください。

Please pass me the salt.

我想嚐一嚐這地方的獨特口味。

この地方の独特のものを試(ため)してみたいですが。

I want to try a speciality of this region.

我們幾個人想坐在一起。

私たちいっしょに座(すわ)りたいのですが。

We would like to sit together.

您能稍等嗎？

少しお待ちいただけますか。

Do you mind waiting?

要等多久？

どのくらい待ちますか。

How long is the waiting?

這個時間還可吃定食吧？

いま、まだランチをいただけますか。

Do you still serve lunch?

我們都要趕時間，請儘量快些上菜。

急いでいます。注文したものを早くしてください。

We're in a hurry. Please rush our orders.

我正在找一家普通的西餐館。

いまちょっと普通の洋食レストランをさがしています。

I'm looking for just an ordinary western food restaurant.

這附近有中餐館嗎？

この近くに中華料理屋がありますか。

Is there any Chinese restaurant near here?

我對於法國菜不大熟悉，您介紹點什麼好吃的？

フランス料理はあまりわからないので、何がよいか教えてください。
I'm not familiar with French food. Can you make some suggestions?

盡是好菜，實在吃得暢快極啦。
どれも、とてもおいしかったです。ほんとうに食事を楽しませていただきました。
Everything was very delicious. I certainly enjoyed the dinner.

今天的菜很豐富啊。
結構(けっこう)なごちそうでした。
It was a wonderful treat.

請開一個收據。
領収証(りょうしゅうしょう)をください。
May I have a receipt, please?

△在美國餐館內常見有客人向侍者要一種紙袋，這時的用語是: "Can I have a doggie bag, please?" 意思是:「我要把剩菜帶回去。」(残(のこ)りを持って帰りたいのですが。) 這"doggie bag"一語的由來頗爲滑稽，因爲人都愛面子，不好意思把剩菜帶回家去，只好藉口說是爲了要拿給狗吃，於是便造了這一新字。而事實上，這帶回去的剩菜，並不一定給家裡的狗吃，仍是食桌上的美饌。

中、日兩國的餐館亦有此一做法，餐館經常備有紙袋或紙盒，專供裝入剩餘菜點，交與客人帶回。不過這種紙袋紙盒卻並不稱之爲"doggie bag"，上面大多印有餐館招牌圖案，也成爲對該餐館的廣告宣傳品了。

美國對餐館與食品，頗有創新的發展，能適合時勢的需要。例如：自助餐專門的食堂稱之爲"cafeteria"；速食店麥當勞的漢堡、熱狗；肯塔基的炸鷄等食品（fast foods），如今風行全世界各國，大受歡迎。

"cafeteria"的飯菜都是全擺在長桌上的，客人端著盤子可以自由擇取，然後再到會計處付帳，在這裡根本沒有什麼問答。速食店則是兼顧客人既可在店內進食；亦備有包裝紙袋紙盒讓客人立即携走的便利，其與客人之間的問答，堪稱之爲速語式，極其簡短明快。這類速食店以出售漢堡（hamburger）和熱狗（hot dog）爲大宗。

在這兒吃？還是帶走？

ここで食べますか、持って帰りますか。

Eat here, or take out?

我在這兒吃。

ここで食べます。

I'll eat here.

要帶走。

持って帰ります。

Take-out, please.

要大的？小的？

大ですか、小ですか。

Large or small?

要小的。要大的。

小です。（小さいのです。）大です。（大きいのです。）

Small, please. large, please.

您想加些什麼？（調味料）

何を上にのせましょうか。

What do you want on it?

什麼都來點好啦。

全部です。

Everything, please.

請加點番茄醬。

ケチャップを少しくわえてください。

With more ketchup, please.

來兩個熱狗。

ホットドック2個ください。

Two hot dogs, please.

△一日三餐，是人們在每天生活中不可或缺的節目。無論在家，

在外，都離不開這三件事。社交應酬的人際關係，也是以飲食促合的。一日之早、午、晚餐，乃是各國的人們共同實行的進食規則，只是飲食內容不盡相同，在時間上如此劃分餐種，大致不會有何差別的。但在名稱上，也還有值得注意之處，如:

*1.*中國: 早餐（飯）、午餐（飯）、晚餐（飯）。如果稱午餐爲「中餐」，雖然合乎時間的劃分，但可能發生用餐之內容是中國式或西洋式的混淆，因而避免使用，習慣地稱爲午餐。(亦可稱「中飯」) 至於在晚餐（飯）之後，在夜間的飲食，則又稱之爲吃「宵夜」。

*2.*日本: 朝食（ちょうしょく・あさご飯(はん)）、昼飯（ひるめし・ランチ）、夕食（ゆうしょく・ばんめし）、夜食（やしょく）。飯菜定量而又訂定價格的午、晚餐，稱之爲「定食」（ていしょく），有時亦以A、B、C或松、竹、梅字樣區分其內容種類分量及價格高低。

*3.*英美: "Breakfast"、"Dinner"、"Supper"。又有"Brunch"，爲早、午餐兼用餐; "Lunch" 爲簡單之午餐。而 "Dinner"一詞則屬於正餐之謂，適用於午、晚兩餐之用。

早餐擺好了，請吧。

朝ご飯ができました。

Breakfast is served.

午飯準備齊啦，請吧。

昼飯の支度(したく)ができました。

Dinner is ready.

晚飯做好啦，請吧。

夕食ができました。

Supper is getting ready.

我們到飯廳去吧。

食堂(しょくどう)へ参(まい)りましょう。

Let's go into the dining room.

邊吃邊談，是家人團聚的樂趣。

食(た)べながら話(はな)すことは、一家(いっか)だんらんの楽(たの)しみです。

Talk at table, the pleasure of a happy home.

亞洲人多半都是以米爲主食。

アジアの人々は、たいてい米(こめ)を食(く)うです。

Most of the Asian people live on rice.

一日三餐，米是不能缺少的。

一日(いちにち)の三食(さんしょく)、米は欠(か)くことのできないものです。

The rice is indispensable food in three meals of a day.

請多用點點心。

お菓子(かし)をご自由(じゆう)に取(と)ってください。

Please help yourself to some cake.

謝謝。我不會客氣的。

ありがとう、勝手(かって)にいただきます。

Thank you. I'll help myself.

這點心很好吃。

これはおいしい菓子です。

This is excellent cake.

是自己做的嗎？

お手製ですか。

Is it home-made?

不是的，從超級市場買來的。

いいえ、スーパーマーケットで買ったのです。

No, it's bought at the supermarket.

他常常在外面用飯。

彼はよく外でお食事します。

He often eats (dines) out.

我在這家館子吃過很多次。

私は何度かこのレストランで食ったことがあります。

I have eaten (dined) at this restaurant several times.

你可以在這家館子吃到可口的菜。

このレストランではうまい食事ができます。

You can get good dinners at this restaurant.

不過我近來胖了兩公斤，正在節食呢。

でもね、私は2キロもふとったので、今ダイエットしているのですよ。

But I've been dieting because I've gained as much as two kilogrames.

看起來並不怎麼胖嘛。

そんなにふとっていると見えないけど。

You don't look as fat as you're worrying about.

我怕發胖呀。

私はふとることがいやですよ。

I'm afraid of growing fat.

不要擔心得太多啦!

思いすごしはよしなさいよ。

Don't let your imagination run too far.

我渴得很，找個店去喝點冷飲好不好?

私、のどが渇いている、どこかに寄って、何か冷たいもの飲まない。

I feel very thirsty. How about going to a store and getting something cold?

好呀。那麼，到我們常去的那家店去吧?

いいとも、それじや、いつもの店に行ったらどうですか。

Well, how about the usual shop?

好，我很喜歡那家店。

よし、あそこならくつろげるからですね。

Okay. I can feel at home at that shop.

前些時，跟朋友到一位中國人家裡去作客。

この間、友達と中国人の家で夕食ご馳走になったのです。

The other day, my friend and I were invited to a dinner given by a Chinese family.

吃得怎樣？舉個例說說看。

どんな食事だったですか、たとえば。

What kind of dishes for example?

很多菜。我只記得最後一道菜是甜湯。

おかずはたくさん、ただ覚えているのは、最後の甘いスープ。

Many dishes. I just remembered the last sweet soup.

我想那是很地道的中國菜呢。

それは、きっとたしかな中華料理でしょうね。

I think that's certain Chinese food.

△在外面飯館吃飯，除付餐費外，對侍者常須另付小帳（或稱小費）。這在中國有的要付；有的不付也未嘗不可，因爲大多數的店都

在價錢上已經加上了服務費。在日本，不付小帳是很平常的事，用不著爲此太費心思。(大一些的飯館也已經在帳單註明加上了服務費。)但在英、美，付小帳乃是必要之事， 不然， 便會遭受白眼待遇。「小帳」的英語是“Tip”，這一字的來歷是從“To insure promptness”語句中每一字的第一個字母“T”、“i”、“p”來簡縮拼成的。意思是:「爲了保證迅速機敏」(迅速さを保証するために)，所以就得爲此項另付報酬。

小費。

チップ。

Tip.

給女侍小費一百元。

給仕にチップを100元やります。

Tip a waitress 100 Yuan.

我給了跑堂的五百日圓小費。

私はボーイに500円チップをやりました。

I gave the waiter a five-hundred-yen tip.

訪 問 篇

△以代表東方的中、日兩國；和代表西方的英、美兩國爲例，其在社交生活習慣上的用語、禮法、動作表現，有些地方是不同的。中、日近於謙卑、拘守；英、美則尚誇飾、開放。譬如說請客吃飯吧，中國人日本人常會先向客人講「非薄的很呀」（おいしくないですが）；致贈禮物時亦先稱之爲「粗品」（つまらないものですが），若照字義直譯，英、美人會表訝異，甚至有不快感的。

還有在接受禮物時，中、日都忌諱當面打開來看；英、美則一定要當面打開來看，這一場面也是恰恰相反。

訪問親友的中、日客套話如：「我好久沒有向您問安啦」（大変御無沙汰致しました）；「那裡，我才失禮了呢」（どういたしまして、こちらこそ）；「託福託福」（おかげさまで）……這樣的語句，亦難於譯成讓對方充分理解的英文字眼。

接待客人來訪，中、日的習慣都只限於客廳，親密一些的也頂多是進入飯廳；而英、美卻要引導客人參觀他們的全室，期待你的佳評。

遇有夫婦雙雙來訪，做主人的當著對方的丈夫盛讚其夫人貌美，英、美人認爲這是應有的禮儀，主客均歡。中、日人對此依然在內心裡存有視爲「輕浮」的疑念。

往遠處看：社交是促進人際關係達成和諧的過程，東、西方在這方面的用語、禮法、動作表現，將是混合統一的。

林先生在家嗎？

林(りん)様いますか。

Is Mr. Lin at home?

喲，老朋友，您來啦，歡迎、歡迎。

やあ、君(きみ)、よく来たね。

Hallo, old fellow, you're welcome.

近來怎麼樣，好吧？

このごろどうしているか。

What have you been doing lately?

還是老様子嘛。

相変(あいかわ)らずだ。

As usual.

那就好。

それは結構(けっこう)。

Glad to hear it.

喲，您大駕光臨，太好啦。

おや、よくいらっしゃいました。

Oh, how nice of you to have come!

請進、請進。

さあどうぞ。

Won't you come in?

我不會太打擾您吧。

おじやましてすみませんね。

I hope I am not trespassing on your time.

那裡那裡，一點都不會。

いいえ、ちっとも。

Oh, no, not at all.

您這客廳的佈置眞好。

すてきな居間(いま)ですね。

I see you have a nice living room.

您要喝點什麼？

何かお飲みになりますか。

Would you care for something to drink?

喝點果汁就好啦。

ジュース類を願います。

Something soft to drink, please.

請用些點心。

どうぞお菓子(かし)をお取りください。

Please help yourself to the cake.

我恐怕耽誤您的時間太久啦。

随分長居をいたしました。

I am afraid I'm staying too long.

不會的，別客氣。

そんなことはございません。

Oh, certainly not.

我要告辭啦。

そろそろおいとましたいのですが。

I think I'll be going. (I think I must go now.)

再多待一會兒嘛。

まあ、もうしばらくいいでしょう。

But surely you can stay a little longer.

今天太高興啦。

今日楽しかったです。

I had a nice day today.

那麼，好啦。希望您最近再光臨寒舍。

そうですか。それではまた近いうちにおいてください。

Have you? Well, I hope you'll drop in again sometime.

△日本人的住家，有一最顯著的獨特之處，乃是進門先要脫鞋上去。主人在此時必然會拿拖鞋給你穿，而這拖鞋是否穿著或者脫下來進入客廳，則要看客廳的構造是榻榻米式；還是地板式而定。如爲榻榻米的和（日本）式，就要在障子(しょうじ)、襖(ふすま)（拉門）外面脫下來再進內；如爲地板（或舖著地氈）的洋式，以及雖爲榻榻米但已舖著地氈並陳設沙發的和、洋合體式，即不必脫下。這已成爲一個守則。

到日本人住宅去，必須脫鞋進去的。

日本の家にはいる前には、靴(くつ)をぬぐことになっています。

You are supposed to take off your shoes before entering a Japanese house.

請穿拖鞋。

このスリッパをおはきください。

Please put on these slippers.

您曉得在日本訪問時的禁忌嗎？

日本でのご訪問の心得(こころえ)はわかりますか。

When you make a visit, do you know what is not done in Japan?

絕對不可穿著鞋子走進住屋。

日本の住宅(じゅうたく)の中では、必(かな)らず、靴をぬぎます。

Shoes are never worn inside a Japanese house.

訪問時要看對方的厨房，是很失禮的事情。

他の家を訪問したとき、台所を見るのは失礼だと思われます。

It is considered impolite in Japan to have a look at the kitchen of a home you are visiting.

△當你有過訪問英、美人家庭的經驗後，就可知道跟日本的情形完全相異了。英、美人常會自動地提議使往訪者參觀其居室內部，此即所謂 "take the visitors on a tour of their house"，以示親熱聯誼，他們也更期待客人對其居室佈置、家具，設計……的譽辭。

您的住宅地點太好啦。

すごいところにお住いですね。

What a great place you have here.

這眞是一所漂亮的公寓呀！

これは実にきれいなアパート（マンション）ですね。

This is a really beautiful apartment (mansion)!

我要告訴您，我實在欣賞您這套家具。

お宅の家具はとてもすばらしいですね。

I must tell you how much I like this set of furniture.

多謝您過獎了啦。

ありがとう、おほめにあずかって恐縮です。

Thank you, it's very nice of you to say so.

嫂夫人眞是美人哪。
奥様はほんとうに美人ですね。
Your wife certainly is beautiful.

我眞羡慕您能有這麼能幹的嫂夫人。
あんなすてきな奥さんがいて、うらやましいなあ。
I must confess I envy you for having such a great wife.

您的先生眞是美男子呵。
お宅のご主人はほんとうにハンサムですね。
Your husband surely is handsome.

這綠茶滿好喝呵。
この緑茶はとてもおいしいですな。
This green tea tastes great.

您對品茶很有硏究，這中國綠茶確乎不凡哪。
たしかにあなたの茶の選びは大したものですよ、この中国緑茶はほんとう上等ですね。
I must say you have excellent taste in tea. This Chinese green tea is really very nice.

您這樣地中意，眞叫我高興。怎麼樣，再加一杯好不好？
お気に召されましたか。もう少しいかがですか。
I'm glad you like it. Can I get you some more?

△在別人家作客時，無論東西方那個國家的人，都對大、小便的生理要求覺得難以啓齒，只好儘量忍耐。但也免不了到無法忍耐的程度，就不得不向主人提出要借用一下地方來應急了。關於這一點，也是西方較東方開朗些，主人常會先向客人問需不需要「洗手」，來隱示大、小便的生理要求。

中國對行使大、小便的地方，有「茅房」、「厠所」、「便所」等稱呼，現在因爲東西方都避免直接稱呼這種生理要求的地方，中國也普遍地改稱爲「洗手間」了。

日本早期有「後架(こうか)」、「不浄(ふじょう)」以及「便所(べんじょ)」等稱呼，現在也一致改稱爲「お手洗(てあらい)」或「トイレ」。公共場所內則更有稱之爲「化粧室(けしょうしつ)」的；和以“MEN・LADIES”「男・女」字樣或以男女服裝圖像來作標識的。此一方式顯然是取自西方的流行 。

英、美稱家庭內的便所爲“Bath room”，蓋由於與浴室在同一房間之故。外面的此種場所多稱之爲“Rest room”、“Toilet”、“Lavatory”或以文字、圖樣標識。

請問洗手間在那裡？
請問厠所在那兒？
すみません、お手洗はどこですか。
すみません、おトイレはどのへんにありますか。
Excuse me, where is the bath room?
Excuse me, where is the rest room?

請您參觀一下我們的家。
家の中をご案内(あんない)しましょうか。

Would you like a tour of the house?

您的本領眞不錯，找到這麼好的地方!
どうやってこのような好いお住宅を見つけましたか。
How did you find such a gorgeous place!

我們得要告辭啦。
われわれは失礼します。
We'd better be leaving.

希望諸位再來聊聊。
みなさんまたいらっしゃてください。
I hope you will visit us again.

△國外旅行中訪問舊識，是一樂事。先以電話約定，此種交談即爲重逢多添了情趣。

你現在是在日本什麼地方?
日本のどこにいたのですか、今は。
Where have you been in Japan now?

您是一個人來旅行的?
ひとり旅ですか。
Are you traveling alone?

我什麼時候來好？
なんじまいりましょうか。
What time shall I come? (What time shall I be there?)

什麼時候都好（可以）。
何時でもいいです。
Anytime will suit me.

好，回頭見。
じゃ、そのとき会いましよう。
See you then.

您找到這兒沒有太費事吧？
家はすぐ見付かりましたか。
Did you have any trouble finding my house?

我們搬到這裡來沒有多久。
ここに引越してきたばかりです。
We just moved here recently.

府上都好吧。
お宅ではみなさんお変りありませんか。
How are your all at home?

都好，謝謝。

みんな元気です、ありがとう。

They are fairly well, thanks.

老早就想見您啦。

お目にかかりたいと思っておりました。

I was wishing to see you.

請不要忙著回去，在這兒一道便餐。

ごゆっくりしてください、いっしょに食事をしたいと思いますから。

I hope you will do me the honour to stay to dinner.

您這新住所離辦公室很近嗎?

ご新居は会社に近いですか。

Is your new house near your office?

是的，對我來說是很便利的。

そうです、私にとっては非常に便利です。

Yes, it is more convenient for me.

星期天在家如何消遣?

日曜日お宅で何をなさいますか。

What do you do at home on Sunday?

我很少出去，大概都是在家，看看書呀和電視。

私はあまりでかけない、大抵家にいます。本を読んだりテレビを見たりとします。

I don't go out, I'm usually at home, reading books and watching television.

您是知道的，我的趣味嗜好是集郵。

あなたが知っているでしょう、私の趣味はスタンプを集めることです。

You know, my hobby is collecting stamps.

現在我又在書法上用點功夫。

今、私も書道の趣味を養うようにしています。

And now, I try to cultivate a taste for calligraphy.

每個月普通讀幾本書？

月にふつう何冊くらい本を読みますか。

How many books a month do you usually read?

我一個月大約要讀五本吧。

月におよそ五冊くらいです。

I read about five books a month.

平常都是喜歡看什麼電視節目？

ふつうどんなテレビ番組を見ますか。

What kind of TV programme do you usually watch?

我喜歡看猜謎節目。

クイズ番組をよく見ます。

I like the quiz hour.

您喜歡那種音樂呢?

どんな音楽が好きですか。

What kind of music do you like?

那一種都喜歡,特別愛好古典音樂。

みんな好きさ、クラシックミュージックが格別好きですよ。

I like all kinds, I like most classical music.

談得暢快,太高興啦。

お話できて、実によかったです。

Oh, I had a great time. Nice talking to you.

您這次來看我,眞是難得的很,太可貴啦。

ようこそおいでくださいました、うれしかったです。

It's very very friendly of you to call me. I'm so pleased to see you.

我想我該回去啦。

もうおいとまいたしましょう。

I think I'll be on my way.

怎麼，您要回去啦？還早嘛。

あら、もうおかえりですか。まだ早いですのに。

Why! Are you going back? It is quite early yet.

那麼，我送你到公共汽車站吧。

じや、バス停留所（ていりゅうじょ）までお見送（みおく）りします。

Well, I'll see you off at the bus stop.

△訪問大致有往訪（你去訪問對方）；邀訪（對方邀你來訪）之別，相談的話題則因人、因事、因時、因地……而異，多種多樣的。

我想明天拜望您。

あしたお会いしたいのですが。

I'd like to see you tomorrow.

我們在什麼地方、什麼時間見好？

どこ、なんじで会いましょうか。

Where and when shall we meet?

什麼時候對您方便呢？

ご都合（つごう）はいつがよろしいですか。

When is it all right with you?

我可以到您的辦公室來看您嗎？

あなたのオフィスに行ってもよろしいですか。

May I come to your office to see you?

我已約好了來看李先生，這是我的名片。
李さんと面会の予約をしています。この名刺（めいし）をお取次（とりつ）ぎください。
I have an appointment with Mr. Lee. Please send him my card.

您到我家來不好嗎？讓我們聚一聚嘛。
私の家にいらっしゃいませんか、会いましょうよ。
Why don't you come to my house? Let's get together.

您什麼時候得空呀？
いつかおひまですか。
When will you be free?

我們定在下禮拜天在我家聚會，希望你能來參加才好。
来週の日曜日、うちでパーティやるの、来てくれるとうれしいけど。
We're gonna have a party at my house next Sunday, I hope you can come.

好消息哪，我一定來參加。
楽しくなりそうね、かならず行くよ。
Sounds great! I'd like to come.

盛會，盛會。痛快極啦。

すてきなパーティだ。すごく楽しいね。

Great party! I'm really enjoying myself.

大家一團和氣，談得眞開心，多謝啦。

こちらでは、皆さんがとても親切なので、実に心がなごみます。ありがとうございました。

I had the pleasure of talking with you. Many thanks for all your kindness.

我今天好愉快。

僕は今日一番愉快だ。

I've had a wonderful time today.

我也是呀。我們下禮拜天再這樣地聚一聚好吧。

僕も愉快だ。来週の日曜日にもまたしょうよ。

I have, too. How about doing it again next Sunday?

有幾位朋友在我家裡相聚，你也來玩嘛。

僕の仲間がウチに集まっているから、君もこっちに来て、いっしょに遊ばない。

A group of my friends are getting together at my house. Why don't you come and join us?

好的，我就來。

よし、すぐきますよ。

Sure, I'll come soon.

越快越好。

早ければ早いほどいいよ。

The sooner the better.

請託篇

△「我爲人人，人人爲我」，此一格言含義甚深，正是指示出任何人在世都不能孤立生存，必須在自己的工作崗位上盡到應有的義務，負起應有的責任，才能得到別人爲你工作的成果。就以每日三餐維生一例來說明吧：若不是有農民辛勤勞動，就算你是怎樣偉大人物，你能憑空生產出食糧蔬菜來嗎?!凡事無論大小，莫不如此。人類社會乃是相互依賴合作，始克延續發展的。所以在每一個人的生活環境中，總離不開請求拜託別人幫助，最平常的事如就經常會有的路上問路說起，再談到關係終身命運的諸如求學、交友、婚姻、疾病、謀職、創業……等事，都少不了別人對你的助力。

請託的用語，係以謙和取勝。

我想向您請教。

お尋(たず)ねしていいですか。

May I ask you a favor?

我想拜託您一件事。

お願(ねが)いしたいのですが。

Would you do me a favor?

我有一個請求。

お願いしたいことがあるんですが。

I have a request to make of you.

多謝您幫忙了。

ご助力を感謝します。

Many thanks for your help.

多謝您的援助。

ご援助を感謝いたします。

Thanks so much for your assistance.

您可不可以開一下窗子？

窓を開けていただけますか。

Would you mind opening the window?

您的筆可以借用一下嗎？

あなたのペンを貸していただけますか。

I wonder if I could borrow your pen?

我迷路啦。

道に迷いました。

I'm lost.

這裡是什麼地方？

ここはどこですか。

Where am I?

這條路是往天母的正道嗎?
この道を行くと、天母に行きますか。
Is this the right way to Tien-mu?

我想去臺北火車站，走那條路最便捷?
台北駅に行きたいのですが、一番早く行くにはどうしたらいいですか。
I want to go to Taipei station, which is the quickest way?

對不起，請問到臺北車站該怎樣走?
すみませんが、台北駅はどう行くのですか。
Excuse me, but can you direct me to Taipei station?

請你帶我到臺北車站好不好?
台北駅まで連れて行っていただけませんか。
Would you please take me to Taipei station?

請您告訴我到郵政局的近路。
郵便局まで早く行ける近道を教えてください。
Please tell me the shortest way to the post office.

大安超級市場在那裡? 近不近?
大安スーパーはどこですか、近いですか。

Where is the Dai-An supermarket? Is it near?

很近。沿這條街走兩分鐘，您就可看到右邊一座大樓，那就是大安超級市場。

すぐ近くです。この通りに沿って2分間行くと一つ大きなビルが見えますから、右側に大安スーパーです。

It's quite near. Walk along this street about two minutes, you'll see a large building on the right; that's the Dai-An supermarket.

相當遠喲。不過，這是一條直路，步行大約二十分鐘，就可看到大安超級市場的招牌。

大分遠いですよ。でも真直な道ですから、多分 20 分間歩いたら、大安スーパーの看板が見えます。

It's quite far in the distance. But it's one straight. Walk about 20 minutes you can see the Dai-An signboard.

途中的顯著目標是什麼?

途中の目印を知らせてください。

Please name a landmark on the way.

在那個街角應該拐彎呢?

どの角を曲がるのですか。

At which corner do I have to turn?

在那個信號地方，向右拐彎。

あの信号(しんごう)を右に曲がってください。

Turn right at that traffic light over there, please.

一直走，在第一個交叉口往左拐。

まっすぐ行って、最初の交差点まで、それから左に曲りなさい。

Go straight on this street to the first crossing, then turn to your left.

△尋人與問路，最關緊要的是那個所在地，一定要有專屬的名稱和編號。

中國的大小城市，無論是大街小巷（胡同），都會有固定的街名巷名，並照順序編有門牌號碼，製成顯著的標示。

日本的情形頗爲獨特，很少有專屬名稱的大街大道，它的所謂「町」，雖然指的是街道，卻是市區中區分出的一大片地域，町（ちょう）內的單位稱爲「丁目」（ちょうめ）；丁目內又分出「番地」（ばんち），也都只是縮小了的一片地區，爲家家戶戶共同使用。同處於一町、一丁目、一番地者包括了眾多不同的住宅、商店、機關與公共場所，則是屢見不鮮。

歐美的情形與中國無大差異。英語中的道路名詞“Street”與“Avenue”，則有方向上的區別：凡爲東西道路者，卽稱之爲“Street”；南北者卽稱之爲“Avenue”。又有“Road”與“Way”兩字雖同義，但與另一字組成專門名詞時，如“rail-road”（鐵路）；“high-way”（公路）；“free-way”（高速公路）；“road-side”（路傍）；“road-way”（車道），似由諧音習慣中形成了一點兒區別。

我沒有很多朋友，有點寂寞，您可以跟我交朋友嗎？
私は多くの友たちがありません、それで少しさびしい。友たちになってくれませんか。
I do not have many friends and I am a little lonely. Will you be my friend?

您的朋友們有沒有想要做通信的筆友？
ペンパルを欲しがっているが誰か友たちがありませんか。
Do you have any friends that would like to have pen pals?

想要找好朋友，必須先要你忠於朋友。
いい友を得るためには、まずあなたが友人に対し、真心にならなくてはなりません。
In order to find true friends, you must be a true friend to them first.

諺語說:「能夠共患難的朋友，才是眞正的朋友。」
ことわざに「まさかの友が真の友」というのがあります。
The proverb says, “A friend in need is a friend indeed.”

我看王小姐要甩掉我了，近來的態度有點不對勁。
私はミス王に振られるらしい、彼女の近頃の態度は少し変だなと思います。
I think Miss Wang just dumped me. She’s been acting

strangely lately.

是嘛？不要緊。你可以再找一位女朋友嘛。

そうですか、かまわないじゃないか、あなたは新しいガールフレンドを探しなさいよ。

Really? Don't worry. You can find another girl friend.

我希望您介紹一位女朋友給我。

ガールフレンドを紹介していただけますか。

I hope you can introduce a girl friend to me.

你喜歡什麼性格的小姐做你的太太？

おくさんにするには、あなたはどんなタイプの女性が好きですか。

What type of woman would you like as your wife?

多謝您的大力協助。

あなたのおかげで助かりました、ありがとうございます。

You've been a lot of help to me. Thank you very much.

我決定要結婚了，請您擔任我們的介紹人。

今度結婚することになしたので、媒妁人をお願いしたいんですが。

I have decided to get married, and I'd like to ask you to be our go-between.

老師，我得到您的教導，萬分感激。

先生、すばらしい授業をしていただき、ありがとうございました。
I appreciated your class very much, teacher.

我很尊敬我的老師。
私は先生を大変尊敬しています。
I respect my teacher very much.

老師常訓示我們:「成功與否全靠你是否努力。」
先生からいつも成功できるかどうか君の努力にかかっているという訓示を賜わりました。
My teacher always taught us, “It depends on your effort whether you can succeed or not.”

我之能有今日，是託老師之福。
今日私があるのは、先生のおかげです。
I owe what I am to my teacher.

你畢業後打算做什麼事？
卒業したら、将来は何をするつもりですか。
What are you going to do after you graduate?

我想從商，因爲我是專攻經濟學的。
商社に入りたいです、私の専攻は経済ですから。
I'm going to go into a trading company because my major is economics.

我想進報館，當一個記者。

新聞社に入ってジャナリストになりたいです。

I'm going to go into a newspaper office, and I will be a reporter.

我父親想讓我成爲一個作家。

父が私に作家になったらどうと言った。

My father suggested that I should learn to be an author.

求職。

職を求める。

Looking for a job.

帶來了履歷書嗎？

履歷書をお持ちですか。

Did you bring your personal resume with you?

你希望的薪水是多少？

給料はどの位御希望ですか。

What salary do you expect?

我提出了請求任用的申請。

私は採用申込をしました。

I applied for the position.

△人生歷程中，任何人都是在「我爲人人」方面所能盡到的，僅爲單項而有其局限性；但在需求「人人爲我」方面，則是繁複的多項，幾乎是無限的願望，這在日常生活中的事例，舉不勝舉。

每天吃一個蘋菓，就用不著請醫生。

一日一個のりンゴは医者いらず。

An apple a day keeps the doctor away.

我覺得不舒服，請您診斷一下。

気分がわるいのですが、診察してくれませんか。

I don't feel very well. Will you give me a checkup?

我發燒到38度。

熱が38度あります。

I have a fever. I've 38 degrees.

我完全好啦。

すっかり全快になりました。

I'm quite myself again.

我要發電報到美國。

アメリカへ国際電報を打ちたいですが。

I want to send a cable to America.

我要寄掛號信。

この手紙を書留にしてください。

I want to have this letter registered.

我要寄航空信。

これをエアメイルで出したいのですが。

I'd like to send this by air mail.

我要以（包裹・印刷品）郵寄。

これを（小包・印刷物）で送りたいのですが。

I'd like to send this by (Parcel post・Printed matter.)

快信・明信片・郵票・海運

速達・葉書・切手・船便

express, postal card, stamp, sea mail

請在這上面簽名。

こちらにサインをお願いします。

Will you put your signature here?

開往臺南的火車幾點出發？

台南行の汽車は何時に出ますか。

At what time does the train for Tainan leave?

兩張到臺南的對號車票。

台南まで指定席二枚。

Two reserved seat tickets to Tainan.

單程票?
片道ですか。
One way?

要買來回票。
往復切符にしてください。
No, round trip, please.

一張到紐約的火車票。
ニューヨークまで一枚ください。
One ticket to New York.

我可以中途下車嗎?
途中下車できますか。
Can I stop over en route?

可以，在到紐約途中任何一站都可以下車。
はい、ニューヨークまでのどの駅でもかまいません。
Yes, you can stop over at any station between here and New York.

△普通的火車票，凡可言明途中能下車者，即爲在該車票規定有效日期內，仍可繼續使用前往目的地。有的長途公共汽車，亦訂有此

項辦法，如美國全國通行的灰狗（greyhound）公共汽車公司，卽如是。而且該公司還爲外國人訂有特別廉價票，搭乘遊覽全國，到處可以自由上、下車，車內的設備，如電話、洗手間……亦應有盡有。

今天我要去看電影，一塊去好不好？

今日は映画にゆこうと思ってますが、君も一緒にきませんか。

Today I'm off to see a movie. Will you join me?

今天晚上的票還有吧？

今晚の切符はまだありますか。

Do you have tickets available for tonight's performance?

請打電話預訂下高爾夫場地。

電話でゴルフ場の予約をしておいてください。

Please make the reservation for the golf course over the phone.

我很想預購明天晚上七點鐘的音樂演奏會的兩張票。

明晚7時のコンサートの切符二枚をお願いしたいのですが。

I'd like a couple of tickets for tomorrow 7 P.M. concert.

我打算後天飛往香港，可以預訂到123班機的座位嗎？

明後日、香港へ行きたいのですが、123便を予約できすか。

I want to fly to Hongkong the day after tomorrow, can I reserve a seat on flight 123?

請稍等，讓我查一查預訂表。哦，好的，我們可以爲您訂下123班機的經濟艙。

少々(しょうしょう)お待ちください、予約レコートをしらべてみますので。はい、123便にエコノミー席ご用意できます。

One moment, please. I will check our reservation record. Yes, we can reserve on economy seat on flight 123 for you.

我用傳眞把行程告知友人李君，並希望他到機場來接。

テレックスで友たち李さんにスケジュールを、又、空港(くうこう)にきてほしいと知らせました。

I telexed the schedule to my friend Mr. Lee and requested him to come to the airport to meet me.

購　物　篇

△購買物品是人們日常經濟行爲中的必有項目，最能說明這一點的，是中國流傳的俗話所指出：「每天開門七件事，柴米油鹽醬醋茶」。這是生活上的基本需求，人人都離不開這七件事，而這七件事則是件件要以金錢來買才能到手的。衣、食、住、行雖是同樣重要，由個人到家庭，購物中最多的次數，恐怕就算是以支付飲食方面者居首吧。

你回來的時候，買些吃的東西，好嗎？

帰りに食料品を買ってきてくれますか。

Can you pick up some groceries on the way home?

我們得補充些麵包和牛油了。

パンとバターがいります。

We need some bread and butter.

喏，可不要忘了買醬油。

ね、お醤油(しょうゆ)を買うのを忘れないでください。

Don’t forget to buy soy sauce.

我們不要牛奶嗎？

ミルクはいりませんか。

Do we need any milk?

不必要，我們還有很多。

いいえ、十分ありません。

No, we have plenty.

這裡有一張購物單子，都可在超級市場買得到。

これは買物のリストです。スーパーで全部買えると思います。

This is the shopping list. I think you should be able to get all of it at the supermarket.

超級市場的食品種類很多。

スーパーでいろいろな食料品があります。

There are many kinds of groceries at the supermarket.

那兒有魚、肉、生鮮食品、冷凍食品、罐頭食品、燒烤食品……等等。

あそこは、さかな、にく、生鮮食料品、冷凍食料品、缶詰類、焼き食品……などをそろえています。

There are: fish, meat, fresh produce, frozen foods, canned goods, baked goods……etc, & C.

△按超級市場係源出於美國，其佈置、經營均極具美式特色，現在各國競相仿傚，日本尤能別出心裁。另一美式特色之商店，即所謂

"Drugstore"（藥店），在美國各大小城市中幾到處可見，但迄今尚未見有那一個國家出現此一類型之商店。

"Drugstore"(藥店)爲美式之雜貨店，其位置多在街角拐彎處。名義上是藥店，卻與"Pharmacy"(藥局)不同，到藥局買藥，必須有醫生的處方箋；而這裡不需要，因其只售簡單的成藥。同時，人們也常以此處爲相約會面的地點，所以店內還設有座位，供應茶點便餐，它更俱備一般喫茶店餐館所未有的能順便購買日用雜貨的便利。

我感冒了，想買點治傷風的藥片。

かぜをひいてまいりました、風邪薬をほしいです。

I've caught a cold, I want some cold tablets.

我沒有醫生的處方，可以買腸胃藥嗎？

（処方せんなしで）ここで胃腸(いちょう)のくすりが買えますか。

Can I buy any stomach pills here (without a prescription)?

有眼藥嗎？(眼睛有點發癢。)

目薬(めぐすり)はありますか。(目がかゆい)

Do you have eyedrops? (my eyes itch)

我想買點脫脂棉和膠帶。

脱脂綿(だっしめん)とバンソウコウを買いたいのですが。

I'd like some absorbent cottons and adhesive tapes.

我想買點化粧品。

化粧品がほしいのですが。

I'd like some cosmetics.

我還要十張兩毛五分的郵票。

また25銭の切手を10枚ください。

I would also like ten 25-cent stamps.

一共是多少錢？

全部でいくらになりますか。

How much is all of this?

一共是美金三十元。您付現款？還是信用卡？

全部で30ドルになります。お支払いは現金ですか、それともクレジットカードですか。

It's $30.00 altogether. Will this be cash or credit card?

我可以付旅行支票嗎？

トラベラズチェックは使えますか。

Do you accept traveler's check?

好的，可以。

はい、お使いになります。

Yes, we do.

請開一個收據。

領収証をください。

Please make me a receipt for this.

請問擡頭要怎樣寫才好？

宛名はどうしますか。

What name would you like on it?

△到歐、美、日旅行觀光，逛各種商店以及大百貨公司購物，亦為一樂。適用於此際的用語，也多有其固定了的「行話」。例如：您走進商店，店內的人員一定迎上前來向您說：「您想買點什麼呀？」（いらっしゃいませ）(Can I help you?) 這種慇勤雖然是對客人的禮貌，而且必要，但有時購買者是很想靜心觀賞之後再作決定。店內人員站在旁邊囉嗦，則不免感到是一種糾纏，影響到觀賞的心緒，這時候最好是向對方說：「我只是看看。」（ちょっと見るだけです。）(Just looking around.)，對方就會知趣地離開您的身旁，這句話很能發揮應付功效。不過，相反地，又有時候是正需要店內人員向您提供建議的，則不妨向對方說：「請您指教。」（何かよいアイディアを教えてください。）(Can you make a suggestion?)

觀光客能享受免稅減價嗎？

旅行者用の免税割引してくれますか。

Can you give us a tourist tax discount?

能不能打點折扣？

少しまからないかね。

Can you give me a better price? (Can you give me a discount?)

這是免稅品嗎?

この品は免税扱いですか。

Is this tax-free? (Can I buy this duty-free?)

這地方的特產品是什麼?

この地方の特産品は何ですか。

What's a good souvenir of this region?

我想買點東西來作訪問過貴國的紀念。

お国に訪れたことを思い出させるものが欲しい。

I want something that will remind me of my stay in your country.

請拿那個看看。

あれを見せてください。

Please show me that one.

這個跟那個,那個便宜?

これとあれでは、どちらの方が安いですか。

Which is cheaper, this one or that one?

這條領帶比那條要貴多啦。

このネクタイはあのネクタイより、ずっと高(たか)いですね。

This necktie is much more expensive than that one.

這個可是眞便宜啊。

これは、本当(ほんとう)に買徳品(かいどくひん)です。

This is really a bargain.

我想出去買些東西。

ショッピングしたいんですが。

I want to do some shopping.

我們去大減價的地方找點便宜貨吧。

バーゲンあさりにいきませんか。

Let's go bargain hunting.

銀座正在辦年底大減價淸倉哩。

銀座で今丁度(ちょうど)年末大売出(ねんまつおおうりだ)しをしているんですよ。

There's a great year-end-sale on lenther goods in Ginza.

好哇，那還不快去!

あら、それじや、すぐでかけましょう。

What are we waiting for!

不是爲自己用的，是要作爲送朋友的禮品。

自分(じぶん)が使うのではなくて、友たちの贈物(おくりもの)なんです。

It's not for my own use, but for a friend.

我想買點禮品，您看什麼比較好？

おみやげを探しています、何かよいものありますか。

I'm looking for a gift, can you make a suggestion?

您看香水怎麼樣？

香水はいかがですか。

How about some perfume?

您說的對，請拿一些給我看看。

そうですね、いくつか見せてください。

That's a good idea. Could you show me some?

這個很香，我要買三瓶。

いいにおいですね、これは。じや、三っつください。

That smells very nice. I'll take three bottles of this, please.

請各個包裝成禮品。

別々に贈り物のようにお包みください。

Wrap it as a gift of each, please.

我很喜歡這一個，再要同樣的另一個，有沒有？

これが気にはいりました、同じものがもう一つありますか。

I like this one here, do you have another of the same kind?

我要買彩色的，照36張的膠卷。

36枚(まい)撮(と)りのカラーフィルムを買いたいのですが。

I'd like to buy some color film, 36 exposures, please.

另外，還要什麼？

ほかに何かいりようですか。

Can I get you anything else?

沒有，就這個就好啦。

けっこうです、今はこれだけいいです。

No, thank you. That's all for now.

我想到對面那家書店買書。

むこうに本屋(ほんや)で本(ほん)を買いたい。

I want to buy a book at the bookstore over there.

我想買一本好的英漢字典。

よい英漢辞典がほしいんですが。

I want a good English-Chinese dictionary.

這一本怎麼樣？

ここに一冊(いっさつ)ございます。

Here's one, Sir.

這太大啦。有沒有再小一點兒的？

これは大きすぎる。もっと小さいのがほしいんですが。
Ah! that's too large. Haven't you a smaller one?

這是一本小的，算是最好的字典了。
ここによい小型のがございます。これは最上の辞書でございます。
This small one is the finest dictionary.

那邊是雜誌區。
あそこに雑誌コーナーがございます。
There is the magazine counter.

有最新號的《時代》週刊嗎？
タイムの最近の号がありますか。
Have you the latest number of the "Time" weekly, please?

在東京，銀座是購物的好地方，主要百貨店都在那裡。
東京の銀座は、買い物に行くのによいところです。主要なデパートがそこにあります。
In Tokyo, Ginza is a good place for shopping. Major department stores are located there.

秋葉原則是買電氣製品的好地方。
秋葉原は電気製品を買うのによいところです。
Akihabara is a good place to go shopping for electrical appliances.

要買的東西，可以打折扣。

割引で品物(しなもの)を買うことができます。

You can purchase goods at a discount.

這是我住的旅館，您可以送去嗎？

これは私の住(す)んでいるホテルです、配達(はいたつ)していただけますか。

This is my hotel. Could you deliver it?

我想買電視機，在那裡買才好？

テレビがほしいですが、どこで買ったらいいですか。

I want a TV set, where should I buy one?

那還是到秋葉原去買的好，那兒的便宜多啦。

それはやっぱり秋葉原へ買いに行ったほうがいいですよ。安く売(う)っていますから。

Akihabara is a good place to buy electrical appliances. They are selling everything at a low price.

昨天跟朋友到攤販市場去買東西。

きのう友たちとフリーマケットに買いものに行きました。

Yesterday, I went to flea market with my friend to do some shopping.

爲了買東西，花了整個一下午的時間。

買い物でお昼(ひる)からずっとつぶれてしまいました。

I spent all afternoon shopping.

現在流行的顏色是什麼？

今、何色(なにいろ)が流行(りゅうこう)していますか。

What color is now in fashion?

請拿幾件上衣和裙子看看。

ブラウスとスカートを見せてください。

Please show me some blouses and skirts.

我想穿一下試試看。

着(き)てみたいのですが。

I'd like to try it on.

這粉紅色使得您看起來年輕了呢。

このピンク色のほうが若くみえますね。

The color pink makes you look younger.

穿起來覺得很舒服，就買這件吧。

着(き)ごこちがいいです、これにしましょう。

It is so comfortable to wear. I'll take this.

這種原子筆一支兩百元嗎？

このボールペンは一本が200円(えん)ですか。

Are these ball-point pens 200 yen each?

那麼，買五支。紅色的兩支；藍色的三支。

じゃ、五本ください。赤(あか)いのを二本と青(あお)いのを三本にしてください。

Well, give me five. Two red ones and three blue ones.

對不起，貨都賣光啦。

申しわけありませんが、売(う)り切(き)れです。

All sold out, sorry.

新貨就要進店。

新しい品はすぐ店(みせ)にまいります。

A new stock will arrive immediately.

喂，喂，ＡＢ商店嗎？昨天在貴店買了一雙球鞋，穿著不合適，我想換一雙，可以嗎？

もし、もし、ＡＢ商店ですか。昨日おたくでテニス・シューズを買ったものですが、サイズ合わないので、取り替えてもらえますか。

Hello, is this AB shop? I bought a pair of tennis shoes there yesterday, but they don't fit me, could I exchange them for new ones?

可以的。您親自把球鞋和收據帶來，我們會給您換的。

現品(げんぴん)とレシートをお持(も)ちいただければ新しいものとお取り替えさせていただきます。

Oh, I see. If you bring us the shoes and the receipt, we'll

exchange them for you.

您來換是可以換的，不過，我們是不接受退貨的。
取り替えができますが、返品(へんぴん)はおことわりをいたします。
You can exchange them for another pair if they don't fit you, but I'm sorry, you can't return them.

△購物是金錢與物品的交易，主要是通過價格來作交易的準則。人們最關心的，也是首先要問的便是「多少錢」的問題。單就問「多少錢」的此一用語，將中、日、英語的說法作一比較，則是中、日語以簡、短、少見著；英語卻視交易種類不同而有不同的用字，可是歸根到底，依然是「多少錢」的解釋，只是表達法繁複些就是了。

多少錢？
什麼價錢？
おいくらですか。
いくらになりますか。
How much is it?
How much will it be?
How much will it come to?
How much is the fee?
How much does it cost?
What's the charge?
What's the fare?
What's the price?

一共多少錢?

全部でおいくらですか。

みんなでいくらになりますか。

How much is it altogether?

How much will it be altogether?

How much do all these things come to?

How much do these come to in all?

How much is that in total?

△對於價錢的貴、賤用字，也是中、日語較爲簡少，如: 貴（たかい)、賤（便宜)(やすい); 英語是:"high","dear","expensive", "costly"; "cheap", "low", "inexpensive", 稍多一些。

購物者的共同心理，乃是一致希望價格定得公正合理，更能打些折扣。

價錢很公道。

値段(ねだん)は手頃(てごろ)なんです。

The price is quite reasonable.

而且還可打折扣。

しかも割引してもらえます。

And I can get a discount.

△有時候，不需要花錢而得到一種免費，也是人們認爲是一種快意的享受。

免費。

ただで（無料）。

Free (without fee).

免費票。

ただの切符。

A free ticket.

免費入場。

入場無料。

Admission free.

△不過，日本也有一個對「免費」（ただ）的諷刺警告諺語，「ただより高いものはない」（不花錢白得到的，比什麼都貴），意思是:莫貪小便宜。

雜 談 篇

△雜談之樂，在於擴大到無所不談，因而引進了許多話題，風趣橫溢。

雜談時，正可實驗融合貫通這些慣用語、成語、熟語、諺語等詞句，來提高談吐的韻味，學識修養的品質。

雜談津津有味。

雑談に花が咲いた。

We enjoyed an animated and friendly chat.

雜談消遣。

雑談に時を過ごす。

Pass time gossiping.

我們暢談到深夜。

私たちは夜中まで話し合って起きていた。

We stayed up talking until midnight.

懷念老家的回憶談。

なつかしい故郷の思い出話。

A reminiscent talk of beloved old home.

我常常想起我父親愛講的話。

私はときどき父がよく言ったことばを思い出します。

I often remember what my father used to say.

一聽到那個歌，便不由得使我想起從前的日子。

その歌を聞くと何となく、昔を思い出します。

That song reminds me of old times.

他很擅長於講話，叫人聽得非常有趣。

彼は話がうまい、彼の話をきいていると非常に面白い。

He is an entertaining talker; it is very interesting to listen to him.

他很會說笑話，他逗得我高興透啦。

彼は冗談が上手で、私を最高の気分にしてくれました。

He is good at jokes; he makes me feel so fine.

今晚有空嗎？想請您來我家聚聚。

今晩お暇ですか、家に招待したいのですが。

Are you free tonight? I'd like to invite you to my house.

好呀，我一定會遵命前來。請問這次是什麼聚會？

喜んでうかがいますが、どんなパーティですか。

Sure, I'll be glad to come, but what kind of party will this be?

這只是臨時的一次簡單聚會。
今回は気軽な臨時の集まりです。
This will be temporarily an informal gathering.

都是那些人來呀？
ほかに誰が来ますか。
Who else will be there?

盡是我的老同學，大家聚在一起喝喝酒聊天嘛。
私のクラスメートたちが集まって飲んだりしやべったりとするだけです。
A group of my classmates are getting together to have some drinks and chat away.

好極啦，回頭見。
楽しくなりそうね、じや、のちほど。
Sounds great! I'll see you then.

我的嗜好是音樂、讀書、旅行和運動。
私の趣味は音楽、読書、旅行とスポーツです。
My hobbies are music, reading, travelling and sports.

我最喜歡的運動是棒球，旣喜歡看也喜歡玩。
一番好きなスポーツは野球です。みるのもやるのも両方共好きです。

My favorite sports is baseball; I like both watching and playing it.

我很愛好照相。
写真をとるのがとても好きです。
I'm very fond of taking pictures.

我旅行的時候，經常要帶照相機。
旅行に行く時、いつもカメラをもって行きます。
When I travel, I always take my camera.

相片的冲洗放大，都是自己來。
写真の現像、焼きつけ、引き伸ばしなどは、全部自分でやります。
I develop, print and enlarge the picture by myself.

我很喜歡做飯，很少外食，一定要在家裡吃。
私は自分で料理をやることが好き、めったに外食しません、家で食べるほうが好きです。
I like cooking very much. I hardly ever eat out. I prefer to eat at home.

近來讀了什麼名著嗎？
近頃何かいい本を読みましたか。
Have you read any good books recently?

您喜歡的作家是誰?
お好きな作家はだれですか。
Who is your favorite author?

他的最出名的著作是什麼書名?
彼のもっとも有名な本は何ですか。
What is his most famous popular book?

到目前爲止，在您讀過的，最留有深刻印象的書中是什麼書?
今まで読んだ本のなかでもっとも印象に残った本は何ですか。
What book that you have ever read till now impressed you most?

您對人生是怎樣地看法?
あなたの人生観は何ですか。
What's your view of life?

我認爲人生是一漫長的旅程。
私は人生が長い旅の道のりだと思います。
My view is that life is like a long voyage.

您將怎樣地處理人生呢?
あなたはどのように人生を過ごしたいですか。
How do you want to live your life?

我的座右銘是追求幸福快樂的生活。

私のモットは幸福な楽しい生活を送ることです。

My motto is “lead a happy and enjoyable life”.

要向人生的光明的一面看。

人生の明るい面を見るほうがいいです。

Look on the bright side of life.

家家有本難念的經，可是我們必須天天領悟學習。

みんな悩みを持っているわけですが、毎日人生を勉強しなければなりません。

We all have our problems, but we must learn something everyday.

一個人不能太貪得無厭。

人間は欲しいものが手に入らないことがあります。

You can’t always get what you want.

知足常樂。

私たちはたとえわずかでも持っているものに満足しなくてはなりません。

We must be content with what little we have.

您講的這番道理，我很佩服。這確是人生哲學。

あなたのお話になったことに感心します、これは確かに人生哲学です。

I liked what you had said, it was certainly philosophy of life.

△本篇題目及內容爲「雜談」，順便談一談這「雜」字在中、日語文中的用途。

「雜」字的解釋是：多種多樣混合在一起之意，以雜字起頭再與另一字組成一單語而靠下面一字的表現，又有了多種多樣的意義。這類單語甚多，在中、日語文中常用者就有五十以上之數。其在日語之讀法，也全是屬於「音讀」。

茲列舉如下:

雑詠（ざつえい）　雑役（ざつえき）　雑音（ざつおん）　雑貨（ざっか）　雑株（ざつかぶ）　雑学（ざつがく）　雑記（ざっき）
雑技（ざっぎ）　雑居（ざっきょ）　雑業（ざつぎょう）　雑菌（ざっきん）　雑犬（ざっけん）　雑件（ざっけん）　雑考（ざっこう）
雑穀（ざっこく）　雑婚（ざっこん）　雑感（ざっかん）　雑纂（ざっさん）　雑誌（ざっし）　雑事（ざつじ）　雑種（ざっしゅ）
雑書（ざっしょ）　雑色（ざっしょく）　雑然（ざつぜん）　雑食（ざっしょく）　雑草（ざっそう）　雑多（ざった）　雑題（ざったい）
雑談（ざつだん）　雑沓（ざっとう）　雑税（ざっぜい）　雑念（ざつねん）　雑嚢（ざつのう）　雑俳（ざっぱい）　雑費（ざっぴ）
雑筆（ざっぴつ）　雑物（ざつぶつ）　雑文（ざつぶん）　雑報（ざっぽう）　雑木（ざつぼく）　雑務（ざつむ）　雑用（ざつよう）
雑録（ざつろく）　雑話（ざつわ）

（英語中相當於「雜」字字義的語句而意譯爲「粗雜」的亦可舉出"rough"(roughly),"crude"(crudely),"coarse"(coarsely),"careless"(carelessly);「雜多」的爲"miscellaneous","sundry";「雜種」爲"crossbred";「雜音」爲"noises"……等是，但並不能類似中、日文之「望字生義」。）

我是一個週刊雜誌的記者。
私はある週刊雑誌の記者です。
I am a weekly magazine writer.

我很討厭都市的雜音，所以還是喜愛鄉下生活。
私は都市の雑音が嫌いだから、やっぱり田舎生活のほうが好きです。
I'm disturbed by city noises, so I like country life better.

報紙、雜誌、電視和電影都報導了大量的有關日本的生活習慣。
新聞、雑誌、テレビ及び映画は随分日本の生活習慣を報道しましたね。
Newspapers, magazines, TV and movies say so much about Japanese life styles.

我覺得眞正認淸楚日本，總要費一年的時間呢。
日本が本当にわかるようになるまで、やっぱり一年はかかるですよ。
It takes a year just to get to know Japan.

您對日本的印象如何？
日本の印象はいかがですか。
What's your impression of Japan?

我看到很多日本特有的習慣，人民好像都很有禮貌。

日本特有の習慣を多く見てきました。この国の人たちとても礼儀正しいのね。

I saw a lot of unique Japanese customs. The people of this country are very polite.

東京的印象怎麼樣?

東京の印象はいかがですか。

How did you find Tokyo?

東京實在是值得懷念的地方。

東京はたしかに、いつまでも忘れられないところになるでしょうね。

Tokyo surely is a place that I'll remember for a long time.

東京是日本的政治、經濟、文化中心，各種機關、施設都集中於此地。

日本の政治、経済、文化の中心として、東京には各種の機関や施設が集中しています。

All kinds of institutions and facilities are concentrated in Tokyo, the political, economic and cultural center of Japan.

棒球在日本眞吃香，有十二個職業球團之多。

日本では野球が非常に人気があるので、十二のプロ球団があります。

Baseball is very popular with the public. There are twelve pro-baseball teams in Japan.

我對挿花藝術很感興趣。

花を生ける芸術に対し、とても興味を持っています。

I'm interested in the art of arranging flowers.

飲茶的禮儀稱做「茶道」或「茶之湯」。

お茶を飲む作法は「茶道」あるいは「茶の湯」と言います。

The ceremony of serving and drinking tea, called "Sado" or "cha-no-yu".

在那茶道會上，喝的是粉末一樣的綠茶。

茶の湯では抹茶をいただきます。

In the tea ceremony, we drink powdered green tea.

日本話難學嗎?

日本語を学ぶのは難しいですか。

Is it difficult to learn Japanese?

這個或許可以說它的難處是在「漢字」的寫法和讀法。

そうですね、その難しさは「漢字」の読み書きにあるじやないかと思います。

Well, probably what is the most difficult is the reading and writing of "Kanji".

大家曉得，所謂「漢字」就是中國的文字。

ご存じの通り、いわゆる「漢字」は即(すなわ)ち中国の文字(もじ)です。

You know, the so-called "Kanji" is Chinese characters.

從中國傳入的「漢字」有兩種讀法，一種是中國式的讀法叫做「音讀」；另一種是日本式的讀法叫做「訓讀」。

中国から伝(つた)わった漢字には中国式の読み方は「音読(おんどく)」と言い、日本式の読み方は「訓読(くんどく)」と言います。

There are two ways of reading Kanji, one is called "ondoku", it means Chinese pronunciation; and the other is called "kondoku", it means Japanese pronunciation.

日本還自行造了許多漢字。例如「辻」這個字，當十字路口講。

日本自身も沢山漢字を作った。例えば「辻」という字は十字路(じゅうじろ)の意味を解釈(かいしゃく)します。

The Japanese has also invented a lot of Kanji characters for their own use. For example, the word "tsuji" means a crossing.

此外，它還用了「片假名」、「平假名」、「羅馬字」以及許多外來語。

なお、又「片仮名(かたかな)」、「平仮名(ひらがな)」、「ローマ字(じ)」と多くの外来語などをまじえて用(もち)いています。

Besides, it uses a mixture of "Katakana","Hirakana","Roman letters" and a large number of words from other languages.

我到美國遍遊了各地。

私はアメリカ各所(かくしよ)をくまなく旅行しました。

I have traveled all parts of America.

我想要多認識一點美國。

私はもっとアメリカの事情(じじよう)を知りたいと思います。

I want to know more about America matters.

請您指教我應該參觀那些洛杉磯的名勝?

ぜひ見学すべきロスアンジエルスの名所(めいしよ)を教えてください。

Please tell me some noted places of Los Angles I should visit.

紐約現在上演最賣座的歌劇是什麼?

ニューヨークで今一番人気のあるミュージカルは何ですか。

What is the most popular musical in New York?

我這次旅行的第一目的就是要觀賞百老匯的歌劇。

ブロードウエィでミュージカルを見ること、これが私の今回の旅の第一目的ですよ。

The thing I want to do most during this trip is to see a Broadway musical.

其次是去華盛頓，參觀白宮。

つぎの目的はワシントンへ行って、ホワイトホウス見学です。

The next goal is to go to Washington D. C. and to visit the White House.

美國是尊重女性的國家。

アメリカは「レデイー・ファースト」の国ですね。

America is a country of "ladies first", you know.

在美國，推著門讓人進出是一種常禮，特別是對待女性、拿著行李的人和老人們。

アメリカでは他人のためにドアをおさえておいてあげるのが礼儀で、特に女性、荷物を持っている人、老人に対してそうしなければならないのです。

In America, it is common courtesy to hold the door for others, especially for ladies, people carrying packages, and elderly people.

眞是上了一課。

勉強(べんきょう)になりました。

It was educational.

您一切都很順心的様子。

うまくいっているみたいですね。

It sounds like you're doing very well.

下個禮拜天，我們一塊打打網球，好不好？

来週の日曜日、私とテニスをしませんか。

Why don't you play tennis with me next Sunday?

那好極啦，不過，我的技術太差。

もちろん、でもあまりうまくないの。

Why not? but I'm a poor player.

暑假有什麼計畫嗎?

夏休みは何か計画はありますか。

Do you have any plans for your summer vacation?

我正在打算寫一本有關旅行印象的書。

ちょうど旅行印象記とかなんか書くつもりです。

I'm just planning to write a book about my travel.

這是個好消息呀。

これはいいニュースですね。

This is a good news.

我在昨天晚上寫好了一個大綱。

昨晩、一つ綱要を書きました。

I wrote an outline last night.

要得嘛!

頼もしいね。

Wonderful!

我好久沒有會見小李了。哦，他仍然是單身漢嗎？
李さんに随分長く会わなかった、ところで彼はまだ独身生活ですか。
I haven't seen small Lee for a long time. By the way, is he still single?

兩個月前，我在火車站遇見過他。他告訴我說這輩子是不結婚的了。
二ヶ月前、駅で彼に会った。彼はもう一生涯結婚しないですって。
I met him two months ago at station. He told me that he would remain unmarried for life.

我也有時候想到不結婚該多好，獨身生活是滿自由的呀。
私も時々、結婚しなければ好かったと思うことがあるんですよ。独身生活はとても自由なんです。
I sometimes wish I'd never gotten married. The single life is such a free life.

這話也有道理。可是您有一位了不起的好太太，您可別這麼說呀!
それもそうですよ。しかしあなたの奥様は実に立派な方だから、あなた、そんなこと言ってられないですよ。
That sounds resonable, but you've got a great wife. You can't say such a thing.

相反地，我們同學老王倒終於要結婚了，我吃了一驚！
これに反して我らの同級生王さんがついに結婚するんだって、私は本当におどろきました。
On the contrary, I am surprised that our classmate Wang is getting married at last.

眞的？他倒底宣告終止獨身生活了呀。
本当(ほんとう)？やっぱり彼も独身生活の終止を宣告(せんこく)しましたね。
Really? After all, he is going to put an end to his single life.

他這個人煙酒不沾。
彼は酒もタバコものまない。
He neither drinks nor smokes.

他有教英文的資格，而且學生都喜歡他。
彼は英語を教える資格(しかく)があります、それに学生に人気(にんき)があります。
He is qualified for teaching English, and he is popular among his students.

他不但講英語講得好，也很能講日語。
彼は英語が上手(じょうず)のみならず、日本話もよくできます。
He can speak not only English but also Japanese.

他講話很風趣。

彼は話がおもしろい。

He is an entertaining talker.

不曉得他住在那裡？

彼はどこに住んでいるですか。

I wonder where he lives?

他住在臺北郊區。

彼は台北郊外に住んでいるんです。

He lives in the suburbs of Taipei.

在最近期內，我們去看看他吧。

近い内に彼を訪問に行きましよう。

Let's go to see him at an early date.

我們要有一個盛會了。

その時にすばらしい盛会にしましよう。

We will be having a successful meeting.

△慣用語的語彙數量相當多，而且也繼續有新的出現。以下略舉一些常用的，作爲琢磨使用的參考。慣用語在語言、思想傳達上，配合動作、表情、想像，能發生立即的起、承、轉、合效果。（以下每語順序爲: 中、日、英語。）

1．總而言之～（とにかく…）（anyway…）

2. 可是～那麼～（ところで…）（by the way…）

3. 豈只是～更是～（～どころか…）（not only…but…）

4. 而且～此外～（それに…ほかに…）（besides…）

5. 我明白啦。（わかった。）（I got you.）

6. 後來怎麼樣啦？（どうだった。）（How was it?）

7. 是的，對。（はい、そう。）（Right, you are right.）

8. 怎麼回事呀？（どうしたんですか。）（What's the matter?）

9. 有什麼不對嗎？（どうかしたんですか。）（What's wrong?）

10. 爲的是什麼？（何のために…）（What for?）

11. 說不上好壞。（まあまあ…）（so-so…）

12. 莫非是～（…かしら）（I wonder…）

13. 那是當然的。（それもそのはず。）（No wonder.）

14. 近來如何？（何かかわったことありませんか。）（What's new?）

15. 太好啦、太妙啦。（すばらしい。）（fantastic, terrific.）

16. 爲什麼～（どうして…なのか。）（How come…）

17. 是嗎？（そうですか。）（Is that so?）

18. 確乎是。（まったくその通(とお)りです。）（That's true.）

19. 隨你安排。（君にまかせます。）（Anything you say.）

20. 正是時候。（ちょうどいい時…）（It's about time…）

21. 經常～（つねに…）（quite often…）

22. 無論如何～（どうしても…）（by all means…）

23. 反正是～（どうせ…）（anyhow…）

24. 終於～（とうとう…）（at last…）

25. 譬如說～（たとえばですね…）（for instance…）

26. 我認爲～（私の云うのは…）（I mean to say…）

27. 老實講～（実は…）（In fact…）

28. 縱然是～（たとえ…）（supposing that…）

29. 你該曉得吧～（何のことか、おわかりでしょう…）(you know what I mean…)

30. 您開玩笑。（冗談でしよう。）（You're kidding.）

31. 別要我啦。（からかわないで）（Don't make fun of me.）

32. 說得太過火了。（言いすぎですよ）（You're going too far.）

33. 話是這麼說～（あのね、こうなんです…）（I'll tell you what…）

34. 我說什麼來著～（ええと、さて、そうですねえ…）（well, now, let me see…）

35. 是的，當然、當然。（ええ、そう、もちろんです。）（Why, yes, of course.）。

36. 是呀，我想該是如此。（ふーむ、まあ、そうだろうね。）(Well, yes, I suppose so.)

37. 我認爲是這樣。（そうですねえ。）（I guess so.）

38. 大概如此吧。（多分そうです。）（Perhaps so.）

39. 大概、也許～（多分ね…）（may be…）

40. 相反地～（これに反して…）（on the contrary…to the contrary…）

41. 恐怕是～（…心配しますが…）（I'm afraid to…）

42. 希望如此。（そうだといいが…）（I hope so.）

43. 那樣就好。（その方がよい。）（That's better.）

44. 畢竟是～（さすがに…）（truly…）

45. 幸而、幸好～（さいわいに…）（luckily…）

46. 正是～（なるほど…） (really…)

47. 最低限度～（すくなくとも…） (at least…)

48. 不消說～（言うまでもない…）(It goes without saying…)

49. 輕鬆一些嘛，別緊張。（あわてるな。） (Take it easy.)

50. 請不要拘謹。（気楽にして。） (Make yourself at home.)

51. 先請～（どうぞお先に） (Go ahead.)

52. 沒有關係。（なんともない） (Not all.)

53. 沒問題。(大丈夫) (No problem.)

54. 達成了。(やったぁ！) (Make it!)

△雜談中引用中外通用的諺語，極能助興。在這裡略舉若干範例:

玫瑰花美，可是有刺。

ばらに刺あり。

There is no rose without a thorn.

時間卽金錢。

時は金なり。

Time in money.

入境隨俗。

郷に入っては郷に従え。

When in a village follow the villagers.

羅馬不是一天造成的。

ローマは一日にして成らず。

Rome was not built in one day.

沒有消息就是好消息。

便りのないのはよい便り。

No news is a good news.

天助自助。

天は自ら助けるものを助ける。

God helps those who help themselves.

天生的好命。

彼は幸運をもって生れた。

He was born with a silver spoon in his mouth.

太熱的戀愛也最容易冷。

熱した恋は冷めやすい。

Hot love is soon cold.

沈默勝於雄辯。

沈黙は金、雄弁は銀。

Silence is more eloquent than word.

善始必有善果。

始め良ければ、終り良し。

A good beginning makes a good ending.

大驚小怪。

泰山鳴動鼠一匹。

A great cry but little wool.

藝術萬歳、人生朝露。

芸術は長く、人生は短い。

Art is long, life is short.

先來者居上。

先着順。

First come first served.

得寸進尺。

寸をあたえれば尺をのぞむ。

Give him an inch and he'll take an ell.

言簡爲貴。

言を簡をとうとぶ。

Brevity is the soul of wit.

打鐵趁熱。

鉄は熱しているうちにうて。

Strike while the iron is hot.

井底之蛙。

井の中の蛙大海を知らず。

The frog in the well knows not the great ocean.

不論張三李四。

猫も杓子も。

The cat as well as the ladle.

勇者多福。

幸運は勇者にくみする。

Fortune favours the brave.

善有善報。

善行の報はその中にある。

Virtue is its own reward.

一舉兩得。

一石二鳥。

To kill two birds with one stone.

好的開始就是成功的一半。

初めよければ半ば成功。

Well begun is half done.

愛從家庭開始。

愛(あい)は家庭(かてい)から始(はじ)まる。

Love begins at home.

商務篇

△商務專門慣用語有的是舊有的；也有許多是從國際經貿領域譯來。

工商業發達國家的公司商社，編印有訓勉其部屬工作人員的所謂「五Ｃ守則」：

1.Correctness （正確）

2.Clearness （明瞭）

3.Conciseness（簡潔）

4.Courtesy （禮儀）

5.Character （特徵）

在中國也老早就有與此含義相通的商界信條，如:「貨眞價實」、「和氣生財」、「薄利多銷」、「童叟無欺」、「言不二價」……等等，均以誠信爲貴。

要賺正當的錢。

正しい金を儲けること。

To earn an honest money.

我把錢存在銀行。

私はお金を銀行に預金しました。

I deposited money in the bank.

我從銀行提出存款。

私は預金を引き出しました。

I withdrew my money from the bank.

這商人經營零售行業。

この商売人は小売業をやっています。

The tradesman carries on a retail trade.

這商人經營批發行業。

この商売人はおろし売りをやっています。

The merchant has a wholesale trade.

這家公司跟美國作大宗生意。

この商社はアメリカとの貿易額が大きいです。

The firm trades largely with America.

他有充足的資本，這家公司的資本金達一千萬元。

彼は十分な資本を持っているので、この会社の資本金は一千万元であった。

He has large capital. This company capitalized at ten million yuan.

我們是現金交易。

我々は現金で取り引きをします。

We trade on the cash system.

我們的定價是不二價的。

定価(ていか)の通りでございます。

We have no second price, our prices are fixed, sir.

漲價啦。

値段(ねだん)が上(あ)がった。

The price has gone up.

跌價啦。

値段が下(さ)がった。

The price has gone down.

減低價格。

値段を下(さ)げる。

To lower the price.

提高價格。

値段を上(あ)げる。

To raise the price.

如果價錢合意的話，我就想買。

もし値段が手頃だったら、それを買いたいのです。

If the price is satisfactory, I will have it.

要小心如何投資。

投資について気を付けなさい。

Be careful how you invest your money.

他投資在可靠的股票上面。

彼は安全な株に投資しました。

He invested his money in a safe stock.

他經商發了財。

彼は商売で金持になりました。

He made his fortune by commerce.

他在商界很出名。

彼は商界の名人です。

He is well-known in the commercial world.

賺錢並不容易，可是只要努力去做，就能發起來。

金もうけは難しいことですが、一生懸命努力すれば成功は得られるでしょう。

We can't make money in the easy way, but we will prosper as we work hard.

一般地來看，商況如何？

一般的にみて、商界の景気はどうですか。

How's the business in general?

哦，已經逐漸好轉了，但是距離賺大錢還遠著呢。

そうですね、徐々に回復しておりますが、大きな黒字になるのは、まだ先のことですね。

Well, it's picking up now, but still has a long way to go to make a big profit.

您好像很高興的樣子，有什麼好消息？

うれしい顔をして、何かいいことあったんですか。

You look happy, did something nice happen?

我們的股票，最近正在上漲呢。

最近、うちの株価が急騰しているんです。

Our stock has really soared.

照我的經驗來看，這是商場上翻來覆去的變化。

私の経験では、これは交互に来る景気と不景気、目まぐるしい市況の変化だとみています。

My experience shows that's boom-and-bust.

我們必須研究臺灣的市場性。

僕たちは台湾の市場性についてよく検討しなければならないです。

We have to research on the market ability of Taiwan.

您對物價上漲傾向怎樣的看法？

物価の上昇傾向にどういう風にお考えになりますか。

How do you think about the upward tendency of prices?

這個問題在於如何抑制通貨膨脹。

この問題はいかにインフレーションを抑止(よくし)することにかかわります。

It is a question how to stop the inflation policy.

我將立即開始市場調查。

さっそく市場調査(しじょうちょうさ)してみます。

I'll get started on a market survey immediately.

△在國際經貿領域中以英語爲主的專門用語，又均各有以開頭字母組合成的簡稱。特舉其主要者如下述：（排列次序爲：簡稱之英文字母、英文原名稱、日譯、中譯。）

1. AA (Automatic Approval System)（輸入自動承認制）（同日譯）
2. ADB (Asia Development Bank)（アジア開発銀行）（亞洲開發銀行）
3. AIQ (Automatic Import Quota)（輸入自動割り当て制）（輸入自動分配制）
4. B/E (Bill of Exchange)（為替手形(かわせてがた)）（匯票）
5. BE (Bonus Export System)（輸出ボーナス制度）（輸出獎金制）
6. BIS (Bank for International Settlement)（国際決済銀行）

（國際結算銀行）

7. BTN (Brussel's Tariff Nomenclature)（ブリュッセル関税品目分類表）（布魯塞爾關稅品類分類表）

8. B/L (Bill of Lading)（船荷証券）（船運證券）

9. CIF (Cost, Insurance and Freight)（貿易の運賃保険料込み値段）（保險運費合計在內貿易）

10. CPI (Consumer Price Index)（消費者物価指数）（同日譯）

11. CPS (Consumer Price Survey)（消費者物価調査）（同日譯）

12. CTV (Commercial Television)（商業テレビ放送）（商業電視）

13. D/A (Documents against Acceptance)（引受渡し）（領收單）

14. DLF (Development Loan Fund)（開発借款基金）（開發貸款基金）

15. D/P (Documents against Payment)（支払い渡し）（付款單）

16. EXIM (Export Import Bank of USA)（米国輸出入銀行）（美國進出口銀行）

17. FAS (Fund Allocation System)（輸入分配制）（同日譯）

18. FAQ (Fair Average Quality)（平均にして中等の品質）（平均中等品質）

19. FOB (Free on Board)（本船渡し値段）（出口港岸邊交貨）

20. FOC (Free on Charge)（諸掛け支払い済み）（已付淸）

21. GATT (General Agreement on Tariff and Trade)（関

税および貿易に関する一般協定）（關稅貿易總協定）

22. GNP (Gross National Product)（国民総生産）（同日譯）

23. IBRD (International Bank for Reconstruction and Development)（国際復興開発銀行）（同日譯）

24. ICC (International Chamber of Commerce)（国際商業会議所）（同日譯）

25. IITMC (International Investment Trust Management Company)（国際投資信託会社）（國際投資信託公司）

26. Inc. (Incorporated)（有限会社）（有限公司）

27. ITO (International Trade Organization)（国際貿易機構）（國際貿易組織）

28. K.K. (Kabushiki Kaisha)（株式会社）（有限公司）

29. LC (Letter of Credit)（信用状）（同日譯）

30. Ltd. (Limited)（有限会社）（有限公司）

31. N/C (no Change)（変更なし）（無變更）

32. NNP (Net National Product)（国民純生産）（同日譯）

33. NTB (Non-Tariff Barrier)（貿易の非関税障壁）（同日譯）

34. OAEC (Organization for Asia Economic Cooperation)（アジア経済協力機構）（亞洲經濟合作組織）

35. PQS (Percentage Quota System)（割当制）（分配制）

36. PS (Production Sharing Scheme)（生産分与方式）（生產分擔所有方式）

37. QC (Quality Control)（品質管理）（同日譯）

38. Rcpt. (receipt)（受取り証）（收據）

39. R&D (Research and Development)（研究開発）（同日譯）

40. RPS (Retail Price Survey) (小売物価統計調査) (零售物價調查)

41. S.S. (Steamship) (商船) (同日譯)

42. TDB (UN Trade and Development Board) (国連貿易開発理事会) (聯合國貿易開發理事會)

43. T.T. (Telephone Transfer) (電信為替) (電匯)

英國人是善於經商的民族。

イギリス人は商売(しょうばい)かたぎの民族ですね。

The English are a commercial people.

日本人也是經商能手呀。

日本人も同(おな)じだ、実に商売が上手(じょうず)です。

The Japanese are a commercial people, too.

戰後日本的經濟發展，是一奇蹟。

戦後(せんご)の日本経済の発展は一つの奇跡(きせき)です。

Postwar development of the Japanese economy was a miracle.

1950年的韓戰爆發給了日本復興的機運。

日本は立(た)ち直(なお)る契機(けいき)となったのは、1950年に勃発(ぼっぱつ)した朝鮮戦争だったと思います。

The outbreak of the Korean War in 1950 provided Japan with an opportunity for recovery.

重點在此。

要因はここにあるのです。

The things is this.

不曉得何以日本能達成這麼高的經濟成長!

なぜ日本はこんなに高度経済生長に達成し得るかというと、ちょっと不思議ですね。

I wonder why Japan was able to achieve such a high rate of economic growth!

老老實實地努力工作就是成功的最佳途徑。

まじめによく働くことは、成功に至る最善の道です。

Hard and honest work is the surest way to success.

△電信傳眞機的改良設計，日新月異，已和電話結成一體，快速便捷，並且具有文字記錄性可供保存的功能，使電報、郵件爲之黯然失色。

傳眞已成爲商界的寵物，因爲費用低廉；通訊又能立卽見效；全球暢通無阻，自然爲人人所樂用。

就像經貿領域中的專門用語的簡稱一樣，傳眞用的專門簡語也在形成中。例如：以往使用電報的用語："Please open LC Immediately"(請卽開信用狀)，用於傳眞的則爲："PLS OPN LC Imm"。

這類簡語仍是以英語爲主，亦有若干採用了法語。玆略舉其已通用之範例如下:

1. ACK (acknowledge) 承認
2. ADV (advice) 通知
3. AGN (again) 再次
4. CFM (confirm) 確認
5. COL (colation) 對照
6. CRV (comment recevez-vous) 收信情形如何
7. DELY (delivery) 遞送
8. MOM (moment) 稍待
9. RAP (I will call you again) 容再通訊
10. RSVP (repondez S'il vous plaît) 請覆示
11. SVP (S'il vous plaît) 請
12. TAX (What is the charge) 費用若干
13. WRU (Who are you) 請問閣下爲何人

這是手工製品，不是機器做的。

これは手工の工芸品、機械で作ったものじゃないです。

This is manufactured by hand, not by machinery.

你這裡有樣品嗎?

お店に見本はおいてありますか。

Do you have a sample here?

這個銷路很好。

それは大層よく売れます。

It sells very well.

這是最上等的品質。

これは最上の品でございます。

This is the very best quality.

這是極美麗的設計。

これはすばらしいデザインでございます。

This is a rich design.

請先把樣品拿給我看看。

とりあえず、見本をみせてください。

First at all, show me some samples.

現款交易有折扣嗎?

現金で買いますので、割引がありますか。

Do you allow my discount for cash?

我可以跟您打九折。

それでは一割引しておきましょう。

I'll make ten percent discount.

這種小型輕便携帶的電視機，很受大眾歡迎。

小型(こがた)のポータブル型(けい)テレビが一般に人気(にんき)があります。

Small portable television sets are the favorites with the public.

您對這新製品有何指教？

この新製品について何かご意見はありませんか。

Do you have any comments about the new product?

我認爲應該更投合年輕人的心意才好。

そうね、もっと若者の感性を取り入れるべきだと思います。

Well, I think we should make it more appearing to young people.

我希望能賣到好價錢。

新製品の売り出しはもうけになると望んでいます。

I hope to sell it at a good profit.

前些時，一家剛開始來往的公司，又給介紹了新主顧，運氣不錯吧。

この間、取引が始まった企業からまた新しい得意先を介紹してもらえたんだ。ついてるなあ。

I sure was lucky to get introduced to a new client through a company I just stared doing business with.

交了好運的時候，就是這樣，萬事亨通。

運が向いている時はそんなもんさ、万事オーケー。

When you are lucky, things like that just happen, every thing is O.K.

我們公司很希望跟您完成這筆交易。

ぜひわが社との取り引きをお願いします。

We'd really like to close this deal with you.

契約已順利簽妥了。

契約は無事すみました。

We closed the contract without a hitch.

契約的事情，請讓我考慮兩三天好嗎?

契約の件について、二三日考えさせてもらえませんか。

Can you give me a few days to think about the contract?

我會在下星期一把研究結果通知您。

来週の月曜日に我々の研究結果をお知らせしますから。

I'll let you know the results of our research next Monday.

我們計畫今年秋季開辦一個新的公司。

この秋に新会社を開始しようと思っています。

We plan to launch a new company this fall.

現在正在準備對計畫書作最後的結論。

今は計畫書の最終の結論を準備しているところです。

We are preparing the final conclusion of the project.

我們將大力開發新的貨品。

新製品の開発に大きな力を注いでやるつもりです。

We are making a major effort to develop new products.

我們就要開始一連串的電視廣告宣傳。

もうすぐ一連のテレビコマシヤルで宣伝キャンペーンをスタートします。

We will begin the advertising compaign with a series of TV commercials.

我們在今天下午一時舉行營業會議。

今日午後一時から営業会議をします。

We're having a sales meeting today at one.

讓我們談正題吧。

では本題に入りましょうか。

Let's get down to the main topic.

我們討論了如何設計一種海報來促進新產品販賣事宜。

私たちは新製品販売を促進するためのポスターデザインについてディスカッションしました。

We discussed how to design a poster to promote the new products.

我希望能達成販賣目標。

私は販売目標を達成したいのです。

I hope we reach the sales target.

形勢大可樂觀。

なりゆきは、うまくいきそうです。

Things look promising.

我們對老顧客願作一切供應。

私どもはお得意さん，常連のためにいっさいご用立てを致します。

We provided everything for our regular customers.

新商品已經在各商店裡出售。

その新しい製品は、もう店に出回っています。

The new product is already available in the stores.

新電腦對處理資料的效率更高了。

新しいコンピューターがデータの処理をもっと能率的にしました。

The new computer enabled him to process the data more efficiently.

只要索取目錄說明書，立即寄上。

カタログはお申込次第郵送いたします。

A catalogue will be mailed on request.

我深知他公司的內情。

私は彼の会社の事情をよく知っているです。

I have a lot of inside knowledge about his company.

他的公司生意很好。

彼の会社は景気(けいき)がいい。

His company is doing a good business.

這家公司接了大量訂單，立刻就活躍起來了。

大量(たいりょう)注文(ちゅうもん)を受(う)けて、会社はにわかに景気ついた。

Having received a large order, the company suddenly started to hum.

書　信　篇

△書信是人類社會生活中感情交流與傳達訊息的恩物。今天雖然由於電話、傳眞（FAX）的普及，只是一舉手之勞便可通過機械完成上述交流傳達目的，但人們還是珍視親手寫成的書信。其以打字機打出來文字僅以親筆簽名的書信，也是比不上完全由其本人所親筆寫成的。親筆信含有人的感情成分。

書信。
手紙（てがみ）。
Letter.

信紙。
便箋（びんせん）。
Letter paper.

信封。
封筒（ふうとう）。
Envelope.

郵局。
郵便局（ゆうびんきょく）。
Post office.

我有幾封信要寄出去。

手紙を四（し）、五通（ごつう）出（だ）さなくては。

I've several letters to post.

請秤一秤這封信的重量。

この手紙の目方（めかた）をはかってください。

Will you please weigh this letter?

△我們若以同樣的一種內容，用中、日、英語文來寫三封信，縱然是內容是相同的，但在體裁格式上，則各有其不同之處，從信封以至信內，均別成一格。

先從中、日語文書信的信封外表來看：中式信封是把收信人的地址先寫在前面，中間寫收信人的姓名再加尊稱，然後就在旁邊寫上發信人的地址及只寫某某人的姓附一「寄」或「緘」字，大概都不寫上全名。日式信封的寫法，則如下圖：

1. 信封表面

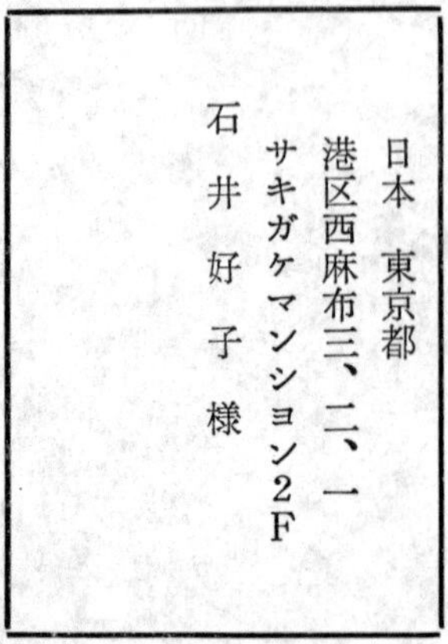

日本 東京都
港区西麻布三、二、一
サキガケマンション2F
石井好子様

2. 信封背面

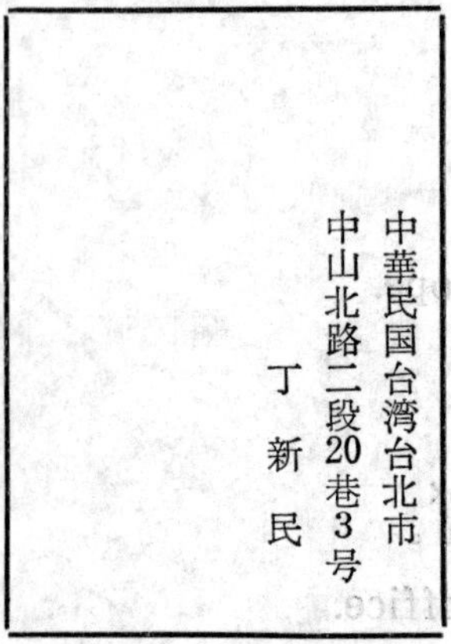

中華民国台湾台北市
中山北路二段20巷3号
丁新民

日式與中式唯一相異者，乃是信封背面一定要專寫發信人的住址姓名，這是利用空白處的良法。還有在封口處，最常用的是寫上「〆」字樣，也有用「封」或「緘」字的。郵票的貼法，以信封表面的左上方爲準。

再從英式信封的寫法來看：計有斜體型 (Indented Style) 和立體型 (Block Style) 兩種，如下圖：

1. Indented Style（斜體型）

Ting Shing-ming
  Chung Shan Road, North
    Section II, Lane 20, No. 3
      Taipei, Taiwan
        R. O. C.

Miss Vera M. Lee
  930 Rockefeller Dr. 9B
    Sunnyvale, CA. 94087
      U. S. A.

Personal

2. Block Style（立體型）

Ting Shing-ming
Chung Shan Road, North
Section II, Lane 20, No. 3
Taipei, Taiwan
R.O.C.

Miss Vera M. Lee
930 Rockefeller Dr. 9B
Sunnyvale, CA. 94087
U. S. A.

Personal

使用上列兩型中任何一型，在格式上一定要完全一致的寫法，不可兼用兩種。左下方的註有“Personal”字樣，係「親啓」之意。

所謂斜體型 (Indented Style)，乃是行與行之間的起頭處要錯開，成爲斜形；立體型 (Block Style) 則是行與行之間的起頭處要整齊並排，成爲正形。

茲再試擬以平輩對平輩身分的一位青年寫給朋友的一封信，用中、日、英語文寫出同一的內容，來看三者的格式究竟有那些不同。

1.中文信

一郎兄惠鑒：

久違了。別後迄未函候，尚祈見諒。

昨天收到了你的來信和贈品，眞多謝你給我那麼漂亮的照像簿的盛意。

我要贈寄一本《中國的故事》給你，這是你早就想讀的書。

我希望你很高興地閱讀此信，就像我寫此信時一樣地高興。盼於接到此信後，盡可能早予函覆。我以愉快的心情在期待著。

請代向貴府老幼致候。

專此，即頌

近安

弟

文雄敬上

('93) 12,2.

盼勿忘記惠寄近照

又及

2.日文信

啓拝

久し振りでした、ごぶさたして、ごめんなさい。

きのう君のお手紙とプレゼントを拝見しました。ステキなアルバムの贈りもの、本当にありがとうございました。

君の読みたかった「中国の物語り」という本を送って上げます。

私は君に手紙を書くことを楽んでいると同様に君もこの手紙を楽しく読むことを希望します。この手紙を受け取ったら、できるだけ早返事下さい。私は大へん楽しみに君の次の手紙を待っております。

君のご家族に私がよろしくと云ったと伝えて下さい。

お元気で

一九九三年十二月二日　　　　　　　　　　　　敬具

大沢一郎様　　　　　　　　　　　　　　　　　佐藤文雄

追伸どうか写真を送るのを忘れないでね。

△中文信與日文信在格式上的差異是: 中文信一定把對方的名字及尊稱寫在最前面; 日文式者則將其寫在最後面。中文式者決不可將姓與名完全寫出; 日文式者除家族近親外, 都是連姓帶名一齊寫出的。(包括寫信的本人在信的結尾亦是如此。)

△日文式頗似中國的公文式通知函件, 如起頭先用:「敬啓者」, 接著敍述事由, 然後以「此致某某先生(或用職銜)」作結束。

中文式的寫信人在自己的名下謙稱「敬上」或「拜上」……; 日文式者則將此一謙詞以「敬具」（女性用「かしこ」）二字置於自己的姓名之前。

追伸（ついしん）與中文之「叉及」、英文之 P.S.(postscript)同義。

日文式信，在起頭處，喜以季節敍述轉入致候語句，如欲省略此類客套，則可以（前略(ぜんりゃく)）二字加括弧，寫在起頭處。

△英文式信的格式，與中、日文者頗有相當大的差異，茲照上述中、日文信之內容譯爲英文信格式如下:

3.英文信

信由下列諸部分構成格式:

ⓐHeading（首部、寫信人之住址及寫信時之年月日）

ⓑIntroduction（序部、收信人之姓名及住址）

ⓒSalutation（對收信人之尊稱）

ⓓBody（本文）

ⓔComplimentary Close（結辭）

ⓕSignature（簽名）

ⓖPostscript（叉及）

△照上述七部分之排列，製圖如下:

（註）ⓐHeading ⓑIntroduction ⓒSalutation ⓓBody ⓔComplimentary Close ⓕSignature ⓖPostscript

3, 2-Section

Fujin St. Taipei

October 15, 1993

Mr. Ozawa Ichiro
621 Kasumi Rd.
Minato-ku, Tokyo

Dear Ichiro:

It is quite a long time since I met you last. Please excuse my long silence.

I received your letter and present yesterday. Thank you so much for your very kind present of the beautiful album.

I am sending you "The story of China" which you wanted to read.

I hope that you enjoy reading this letter as much as I enjoy writing it to you. When you receive this letter, write as soon as possible. I will be looking forward to your next letter with much delight.

Tell your family that I say hello, please.

Take care of yourself.

yours sincerely,
Fumio Sato

P. S. please don't forget to send your picture to me.

△英文信格式的獨特性，很顯明的是起頭先將寫信人的住址及寫信時日；收信人的全名與住址寫明（事實上幾均爲打字機打出來的文字），頗爲突出。

明信片（postcard）是簡便的書信體型，格式和有信封、信紙的書信，並無任何不同，只是在文字上力求精略而已。在日本以明信片通信的數量最大，郵政局所印製的賀年用明信片，每年都以數十億枚計，且年年增加，是一筆可觀的收益。郵政局發售的明信片上附有郵票，易於隨時寫隨時投郵，是最大的便利。例如對賀年、慶生、旅行等事，極能盡到禮貌上的社交用途。

敬祝迎來幸福的新年。

幸福な新年をお迎えになりますように。

May the New Year be a happy year for you.

恭祝長年健康好運。

一年中健康で好運でありますよう心からお祈りします。

With all the kindest wishes for good health and good fortune throughout the year.

今年也是您實現計畫與希望之年。

今年もあなたの計畫や希望が満ちされますように。

May all your plans and wishes come true in this New Year also.

我沒有忘記十二月八日是您的生日，謹送您一小件紀念品，希笑納爲幸。

12月8日が君の誕生日であることを忘れませんでした。どうぞわずかな紀念品(きねんひん)ですがお受け取り下さい。

I've not forgotten that December 8 is your birthday. Please accept a little souvenir.

我很喜歡火車旅行，所以今天搭乘火車去京都。
私は汽車旅行が好きですので、汽車に乗って京都へ行きます。
I like train traveling very much, so I am going to Kyoto by train.

途中，我們能好好地眺望富士山。
道中、私たちはよく富士山を観賞することができます。
We can have a fine view of Mt. Fuji on the way.

我對眺望那富士山美景眞是百看不厭呵。
私は美しい富士山を眺めると、あきませんね。
I never get tired of watching the finest view of Mt. Fuji.

我寫了一張明信片給朋友。
ある友達にハガきを書きました。
I wrote a postcard to a friend.

我告訴他：我眞想在京都悠悠然地過活。
私は彼に本当にこういうところ京都で、のんびり生活したいと知らせてやりました。
I told him that I wish live a comfortable life here in Kyoto.

請你去超級市場路上，順便把這明信片投入郵筒。

スーパーマーケットに行く途中でこのハガキをポストに入れて下さい。

Please mail the postcard at a mailbox on your way to supermarket.

△青春時代的男女相戀期，通信被稱爲情書（恋文，a love letter）是人生中最値得寶貴的紀錄。雙方在等待來信的那種心態，也最能在言談中表露出情意繾綣。

我和她正在互通書信。

私は彼女と手紙のやりとりをしています。

I am in correspondence with her.

她已約定每星期寫信給我。

彼女は毎週私に手紙を書くと約束しました。

She has promised write a letter to me every week.

我立刻就急著發出回信。

私はすぐ手紙の返事を出しました。

I answered the letter immediately.

送信的來過了嗎？

手紙はもう来ましたか。

Has the mail (or post) come yet?

今天的信件晚到了呵!

きょうは手紙が来るのが遅いね。

The mail is late today.

有沒有我的信件呢?

私のところへ手紙が来ていませんか。

Is there any mail for me?

我等她的信好久了呀!

私は彼女の手紙を長く待ちました。

I waited a long time for her letter.

我把她的信重複地讀了三遍。

私は彼女の手紙を3度繰り返して読みました。

I have read her letter three times over.

她來信說她的雙親贊成我們結婚。

彼女は手紙で両親は私たちの結婚に賛成だと私に知らせてきました。

She let me know in her letter that her parents approve of our marriage.

△要想多有一些練習試寫日、英語體書信的機會,最好是參加現今盛行的 "pen pal"。此即日語譯稱之「文通友達」;或爲直接音譯的「ペンパル」;中文則可譯爲「筆友會」。這種以通信交友的活動,

頗能提高學習外語的樂趣，很值得一試。

參加的方式有兩種：(1)向這類團體申請入會，如日、美、英均有公開的組織：

1. **日本方面**：国際ペンフレンド協会

(東京都江戸川郵便局私書箱3号)

国際ペンパルズ東京クラブ

(東京都渋谷区神宮前4-17)

2. **美國方面**：World Pen Pals

(World Affairs Center, University of Minnesota, Minneapolis, Minnesota 5545, U. S. A.)

International Friendship League

(40 mt. Vernon Street, Beacon Hill, Boston, Massachussets 02108 U. S. A.)

3. **英國方面**：International Friendship League, Pen Friends Service

(16 Beaulien Road, North End, Portsmouth, Hants, England.)

International Scholastic Correspondence

(North Harton Lustleigh, Newton Abbot, Debon, England.)

其次是(2)在日、英文報紙或筆友專刊的小廣告欄內尋得徵求筆友的啓事。如：「求むペンパル」"pen pals wanted" 即是。然後衡量其所稱年齡、趣味、希望條件、性別等事，再照其通訊處逕函應徵。

這類書信的內容，在最初必然是以自我介紹爲重點。茲選其常用

字句如下:

我從筆友專刊中得知您的姓名與通訊處，因而寫此信，盼望能與您結爲筆友。

ペンフレンドの機関誌であなたの名前とご住所を知りました。ペンパルとして文通ができたらと思い、ペンをとりました。

I have found your name and address in a pen pal magazine. I am writing to you in the hope that I can make pen friends with you.

謹冒昧函告: 我的姓名是李才，年十八歲，現爲高中三年級生。久已盼望能藉通信與美國人交友。

はじめてお手紙を差し上げます。僕の名前は李才です。年齢は18歳です。高校三年生です。長いあいだ、アメリカの友人と文通ができたらと望んでいました。

Allow me to write to you. My name is Lee tsai, I am 18 years old. I am in the third year of a senior high school. I have long been wishing to exchange letters in English with some Americans.

我從《朝日晚報》得知您是一位集郵家，就此而論，我們正是同好，所以就寫信給您，願作你的筆友。茲附信寄贈幾張中華民國的紀念郵票，尚希笑納爲幸。

わたしは貴方が郵便切手の収集家であることを「朝日イーブニング、ニュース」の紙上で知りました。実は、我も切手マニアなので、さっそく文通がしたいと思い、お手紙を差し上げたしだいです。わたしのプレゼントとして数枚の中華民国の紀念切手を同封しました。どうかお受け取りください。

I have known from the "Asashi Evening News" that your hobby is collecting stamps. I have the same hobby. So I am writing to you in the hope that I can be your pen pal. I enclose some of the Chinese commemorative stamps, please accept them as a gift from me.

首先讓我作自我介紹：我是一個女孩子，叫做吳燕。我的身材高，頭髮黑，眼睛黑亮，雙眼皮。我的臉上在笑的時會有酒窩。

まず初めに、自己紹介をさせてもらいます。私は女の子です、名前は呉燕といいます。わたくしは背が高く、黒い髪で瞳は黒く澄んで二重まぶたです。笑うとえくぼが出ます。

Let me introduce myself first of all. I am a girl named Wu Yen. I am tall with a brunette hair. My eyes are brown, with double eyelids. My face dimples with a smile.

△經過了這初次通信而建立了友誼之後，就會需要更多的慣用語句來表達感情了。慣用語句就是由人與人之間共通的感受中產生的共同語文，形式上雖是不相同的中、日、英語文字體，但在實質上，則是相通交流而毫無相異之處呢。

今天收到你的來信。能得到像你這樣一位筆友，眞是高興。

きょうあなたの手紙を受け取りました。わたしはあなたのようなペンパルを持ったことを大変(たいへん)嬉(うれ)しく思っています。

I received your letter today. I am very happy to have a pen pal like you.

來信拜讀了。念及今後能續通音訊，實在爲之歡欣鼓舞。

あなたの手紙を読みました。これから文通を続けられることができまして、まことにうれしく思っております。

I have read your letter, and I am very glad to be able to keep correspondence with you from now on.

多謝你的回信。我連續地翻來覆去地讀了好幾遍。

さっそくのお返事ありがとう。何回も繰(く)り返(かえ)し読みました。

Thank you for your letter. I've read it again and again.

信及附寄之照片收到了，殊感。照片實在很漂亮。

お手紙とお写真ほんとらにありがとうございました。お写真とっても素敵(すてき)でした。

Many thanks for your letter and enclosing the photos. I find the photos very beautiful.

謝謝你的來信。信中字字都使我在讀時，內心感到溫暖與無比的喜悅。

お手紙うれしく拝見(はいけん)しました。心(こころ)あたたまる思いで、一語一語(いちごいちご)をかみしめながら読ませていただきました。

Thank you for your letter. Every word of your letter warms my heart. I read it nearly wept for joy.

附信寄上一張我的近照，我想你可以從照片上知道我的外表，不曉得你對我是何種印象？

同封の写真は最近とったものです。わたしについての外観はこれでおわかりになると思います。あなたがどんな印象をおもちになりますか。

I enclose a recent photo of myself. I think you can see what I look like. I wonder what is your impression of me?

你每次的信都充滿了幽默感，實在讓我高興。我要多多地用功學英語，如此才能洽意地和你通信。很抱歉，我的信寫的很短，但願下一次能寫得長些。

いつもユーモアたっぷりのお手紙に心から喜んでいます。私はもっともっと英語の勉強をしてあなたと楽しい文通をつづけたいと思います。私の手紙が短くてごめんね、次はもっと長く書けるように努力します。

Your letters always full of humor made me really very happy. I want to study more and more English and continue to enjoy corresponding with you. I am sorry my letter is really short, next time, I will do try to write a longer one.

我現在正在學日語，因此我知道了日本語文借用了許多外來語，其中以中國字爲最古最多。讓我用一句日語向你問候吧:「太郎さん、元気でやっていますか。」（太郎君，你近來好嗎？）

私は今日本語を習っています。したかって日本語には多くの外来語が取り入れている、このうち最も古く、多いのが中国語だということが分りました。ここで日本語であなたにあいさつします:「太郎さん、元気でやっていますか。」

I am learning Japanese now, therefore I know that Japanese has borrowed a large number of words from other languages. The oldest and largest group of borrowed words is from China. Let me write a phrase in Japanese to you: "太郎さん、元気でやっていますか (Taro san, How are you doing?)"

我很喜歡旅行，於今在臺灣正盛行海外旅行。我不久就要到東京去，希望能夠和你相會。

私は旅行大好きです。今の台湾では、海外旅行がなかなか盛んにやっています。私は近く東京に行くので、お目にかかれることを期待しております。

I like traveling very much. Traveling abroad is a boom in Taiwan today. I am going to visit Tokyo very soon. I hope I can meet you.

這次的東京旅遊，最高興的事情是能和你見了面，有一天如果你要來臺北的話，我要在這裡熱誠歡迎你。

今度の東京の旅で最大の歓びは君に会えたということです。若し君がいつか台北にくるようなことがあれば私は大歓迎するつもりです。

It was a great pleasure for me to be able to see you when I was traveling in Tokyo. If you come to Taipei someday, I want to express my hearty welcome to you.

我有很多同學，他們都希望和外國筆友通信。我曉得你很忙，可是仍想麻煩你爲他們介紹。玆附信寄上他們的姓名和住址。

私の同学がたくさんいます、彼らは外国のペンパルと文通したいのです。お忙いところ申し訳ありませんが、紹介していただけたらと存じます。彼らのリストを同封しておきます。

I have many classmates who wish to exchange letters with foreign pen pals. I know how busy you are, but may I ask you the trouble to introduce such pen pals, I enclose their names and addresses lists.

△用中、日語文寫成的信，其信封及信文內容用語，特別是對稱呼方面，很少有加以簡縮的寫法。但在英語文書信方面，則在信封及信文內容字句上，有簡縮寫成的習慣，這必須知其究竟，而且這亦已經成爲國際間都公認的通用規格了。玆列表說明如下:

英語簡縮字	原來之全文	日 語 譯 文	中 語 譯 文
add.	address	住所、あて名	地址
AV., Ave.	Avenue	～通り、～町	路、街
B.L.	Bachelor of Law	法学士	法學士
bldg., blg	building	建物、ビル	大樓
blud., bool	boulevard	大通り	大道
Co.	Company	会社、商会	公司
C.o., C/o	Care of	気付、～方	轉交，煩轉
C.P.O.	Central Post Office	中央郵便局	中央郵政局
Cf.	Confer	参照せよ	請參照
dept.	department	部、局、課、学部、学科	部、科、系、課
Dr.	Doctor	博士、医師	博士、醫師
e. g.	exempli gratia	例えば	例如
Esq., Esqr.	Esquire	～様、殿、弁護士、など	先生、閣下
exam.	examination	試験	考試
FYI.	For Your Information	ご参考までに	請參考
INC.	Incorporated	法人組織の、有限責任の	法人組織，有限責任
L. S. C.	Loco Supra Citado	上記の箇所に	見上述引用文
Ltd.	Limited	有限会社	有限公司
mad., madm.	madam	夫人、奥様	夫人，太太
Mmes.	Madames	Madameの複数	
M.O., m.o.	Money order	為替、郵便為替	匯票
Mr.	Mister	～様～殿（男性の尊称）	先生（男性）
Mrs.	Mistress	～様（既婚女性の尊称）	女士，夫人

MS.	Miss and Mrs.	～様（未婚、既婚女性につける敬称）	女士（對已婚、未婚女性均可用）
P.C.	Postcard	郵便はがき	圖像明信片
P.P.	Parcel Post	小包郵便	包裹
P.S.	Post Script	追伸	附記、又及
P.T.O.	Please Turn Over	裡面をごらんなさい	請看裡面
pmk.	postmark	消印	蓋郵戳
P.O.	Post Office	郵便局	郵政局
Prof.	Professor	教授	教授
Reg.	Registered	書留	掛號
Rev.	Revered	～牧師	牧師
Sig.	Signature	署名	簽名
St.	Street	～通り	～路、～街
S.W.A.K.	Sealed with a kiss	愛をこめて	吻封
VS.	Versus	～対、～に対して	對，對於

此外，最常見到信封上的縮寫國名，當是 R. O. C. (Republic of China, 中華民國)、U. S. A. (United States of America, 美國) 和 U. N. (The United Nations 聯合國) 了。

單字篇

△多記各種詞類的單字，是熟悉慣用語句的基礎。

茲爲查閱方便起見，特按照日文字母的順序；從一個一個的字母中，選出常用單字，再以該單字舉出三、四句慣用語，作爲如何加強多記各種詞類單字的一種練習方法。本書以此篇的數量較多，但就此篇的內容而言，實際上它也是前十篇的延伸與補充。

あ

ああ

哦！我好高興！

ああ、うれしい。

Oh! I'm so glad!

愛（あい）

他向她求愛了。

彼は彼女に愛を告白（こくはく）しました。

He declared his love to her.

相変らず（あいかわらず）

他依然是精神很好。

彼は相変らず元気です。

He is strong as ever.

合図（あいず）

他向我使了個眼色。

彼は私に目で合図しました。

He made a sign to me with the eye.

生憎（あいにく）

偏偏不湊巧爸爸不在家。

あいにく父（ちち）は留守（るす）でした。

I am sorry father is out.

会う（あう）

我記得以前在那兒見過他。

どこかで彼に会った覚（おぼ）えがあります。

I remember I had seen him somewhere before.

い

いかが

近來好嗎？

ごきげんいかがですか。

How are you?

いつでも

無論什麼時候都可以。

いつでもよろしい。

Anytime will do.

いつも

他常常是很大方的。

彼はいつもさっぱりした気前（きまえ）の人。

He is always generous.

他平常都是早晨就出去散步去了。

彼はいつも朝の散歩に出かけたです。

He has gone out for his usual morning walk.

愈々（いよいよ）　逐漸地快要到放暑假的時候了。

いよいよ夏休み（なつやすみ）も間近（まぢか）になりましたね。

The summer vacation is at lenth near at hand.

色々（いろいろ）　我有各種各樣的郵票。

私は色々な郵便切手を持っています。

I have every variety of postage stamps.

う

内幕（うちまく）　選舉內幕曝光。

選挙の内幕は晒（さら）されました。

The inside facts of election was out.

運（うん）　交運。

運が向（む）く。

Come to luck.

うんともすんとも　一點兒都未見回答。

うんともすんとも答（こた）えない。

No answer at all.

え

会釈（えしゃく）

點頭之交。

ちょっと会釈の知り合い。

Bowing acquaintance.

園遊会（えんゆうかい）

我們要舉行園遊會。

こんど園遊会（えんゆうかい）を催（もよお）します。

We will be having a garden party.

遠慮（えんりょ）

禁煙。（請勿吸煙。）

たばこはご遠慮下さい。

Please refrain from smoking.

請不要客氣。

どうぞご遠慮なく。

Please don't stand on ceremony.

お

大当り（おおあたり）

「包青天」大爲叫座。

「包青天（ポチンテン）」は大当りでした。

The "Blue Sky Pao" was great hit.

男（おとこ）

有男子氣概的男人。

男らしい男。

A manly man.

女(おんな)　嫻淑的女人。

女らしい女。

A womanly woman.

か

甲斐(かい)　這本書有一讀的價值。

この本は読む甲斐があります。

This book is worth reading.

開運(かいうん)　祈求交上好運氣。

開運を祈ります。

Pray for good luck.

かもしれない　也許我要去紐約。

私はニューヨークに行くかもしれない。

May be I will go to New York.

也許你會做得很好。

君がよくできるかもしれない。

May be you can do it well.

き

記者（きしゃ）

他是臺北日報的記者。

彼は台北日報の記者です。

He is a reporter for Taipei daily.

気分（きぶん）

全市充滿了選舉的氣氛。

市全体（しぜんたい）が選挙（せんきょ）気分一杯（いっぱい）です。

The whole city is in an election mood.

今日（きょう）

今天是星期幾呀？

きょうは何曜日（なにようび）ですか。

What day of the week is today?

今天是幾號呀？

きょうは何日（なにによ）ですか。

What's the date today?

く

偶然（ぐうぜん）

我在銀座偶然碰到她。

私は彼女に偶然銀座（ぐうぜんぎんざ）で会いました。

I met her at Ginza by chance.

嚔（くしゃみ）

老太太傷風了，所以老是打噴嚏。

おばあさんはかぜを引きましたから、続（つづ）けざまにくしゃみをしました。

Grandmother catch cold, so she had a fit of sneezing.

訓読（くんどく）　用日本式發音讀中國字，稱爲訓讀。

漢字を訓で読むという意味です。

It means to read Chinese characters in the Japanese way of pronounciation.

け

計画（けいかく）　爲了要買公寓房屋，擬定了存款計畫。

マンションを買うために貯金の計画を立てました。

Make a plan for saving money to buy an apartment.

結婚（けっこん）　結婚典禮、喜筵。

結婚式・披露宴。

A marriage ceremony. A wedding party.

権利（けんり）　我有發言權。

私は発言権を持っています。

I have the right to speak.

こ

諺（ことわざ）　諺云：能省下一文錢就等於賺進一文錢。

ことわざ曰く、一銭のこせば一銭のもうけ。

The proverb says: "A penny saved is a penny earned."

言葉

我喜歡東京話的口音。

私は東京ことばがすきです。

I'd like the Tokyo dialect.

今度

我只能原諒他這一次。

私は今度だけ彼を許します。

I can forgive him for this once.

你下次來時，事前先打個電話來。

今度は君が来る前にあらかじめ電話して下さい。

When you come next time, give me a call in advance.

さ

最近

最近老王怎麼好像沒精神的樣子?

王さん最近どこか元気がないんじゃない?

Don't you think Mr. Wang has been a little depressed recently?

才能

他有成爲一位劇作家的才能。

彼にはドラマ作家になる才能があります。

He has the ability to become a dramatist.

流石(さすが) 他確乎不愧是一位新領袖。
彼は流石にニューリーダーですな。
He is indeed (truly) a new leader.

雜誌(ざっし) 我訂有一份月刊雜誌。
私はある月刊(げっかん)雜誌をとっています。
I subscribe for a monthly magazine.

し

しか 我們只有兩分鐘的時間了!
あと2分しかないのよ。
We only have two minutes.

暫く(しばらく) 好久不見啦。
暫くでしたね。
We very seldom see you.

邪魔(じゃま) 對不起，打擾您啦。
お邪魔してすみません。
I hope I am not trespassing on your time.

新聞(しんぶん) 您訂的什麼報紙?
あなたのところは何新聞をとっていますか。

What newspapers do you subscribe to?

新郎新婦（しんろうしんぷ）

新郎新娘

新郎新婦

The bridegroom and bride.

す

好き（すき）

他很喜歡音樂。

彼は音楽が大好きです。

He is very fond of music.

直ぐ（すぐ）

你必須立刻完成那個報告。

君は直ぐそのレポートを完成（かんせい）しなければならない。

You must finish the report at once.

すくなくとも

至少需要兩小時。

すくなくとも二時間かかります。

At least, it will take about two hours.

すんでのこと

差一點兒我就弄錯了。

すんでのこと間違（まちが）いをするところでした。

I nearly made a mistake.

せ

世界（せかい） 很多的人自世界各地來到這裡。

大勢（おおぜい）の人たちは世界の各地からここに来ました。

A great number of people came here from all parts of the world.

是非（ぜひ） 請務必出席研討會。

ぜひセミナールにご出席（しゅっせき）お願い致します。

Please attend the seminar by all means.

世話（せわ） 多蒙費心照顧，多謝啦。

大変お世話になりまして、ありがとうございました。

Thank you very much for your kind care of me.

戦後（せんご） 李教授熟知戰後日本的一切情形。

李教授（きょうじゅ）は戦後日本について、たくさんのことを知っています。

Prof. Lee knows a lot about postwar Japan.

そ

相談（そうだん） 我有點事情想跟你商量。

あなたに相談したいことがあります。

I have something to consult with you.

そっくり

他和他的弟弟長得眞像。

彼と彼のお弟さんは全ったくそっくりですね。

He and his young brother are exactly like two peas.

そろそろ

我該慢慢地要起身告辭了呢。

そろそろおいとましします。

It's about time I were leaving.

た

沢山（たくさん）

我們還有充分的時間嘛。

まだ時間は沢山あるじゃないか。

We have plenty of time yet.

確か（たしか）

他的成功是確實的。

彼が成功することは確かです。

He is sure to succeed.

例えば（たとえば）

例如我的上裝是羊毛做成的。

たとえば私の上着（うわぎ）は羊毛（ようもう）でできているのです。

For example, my jacket is made of wool.

頼む（たのむ）

我想拜託您一件事。

あなたに頼みたい事があるのですが。

I want to ask a favor of you.

誰(だれ)　是什麼人來的電話？

その電話は誰からのですか。

Who is the telephone call from?

ち

丁度(ちょうど)　整一小時。

ちょうど一時間(いちじかん)。

Just an hour.

我正要外出的時候，他來我家。

ちょうど外へ出(で)ようと思う時に彼は来ました。

When I was about to go out, he came to my home.

一寸(ちょっと)　請稍等一會兒。

ちょっと待って下さい。

Wait a moment, please.

有話要跟你稍微講一下。

ちょっと話がありますが。

I have something to tell you.

△「丁度」和「一寸」在漢字使用上，從前會分得很清楚。這是日常所常用的單字，而現在大概都不用漢字寫出來，全是用假名寫出「ちょうと」和「ちょっと」了。從假名寫出來的字形，以及讀法的發音，均極相似，容易生錯，須特加注意。

另外，還有兩單字: (1)長途（ちょうと・a long way）(2)調度（ちょうど・supplies）在讀法的發音上，亦極應明辨。

つ

ついて

我認為他的博士學位不大確實。

彼の博士学位(はくしがくい)について不審(ふしん)だと思います。

I can not sure of his doctor's degree.

つまり

結果，他贏得了她的芳心。

つまり彼は彼女の心を得(え)ました。

After all, he won her heart.

積(つも)り

我打算立刻回家。

私はじきに帰宅(きたく)する積りです。

I intend to go home soon.

強(つよ)い

這酒好烈呀。

このお酒は大変つよいね。

The liquor is too strong.

て

出来(でき)る

他很能講英語。

彼は英語の方がよくできます。

He can speaks English well.

儘可能早些來。

できるだけ早く来なさい。

Come as soon as you can.

でも　可是，我不曉得呀。

でもぼくは知らないよ。

But I don't know.

無論什麼都可以。

なんでもいいです。

Anything will do.

寺小屋（てらこや）　在東京有很多私塾。

東京ではたくさんの寺子屋があります。

There are many private elementary in Tokyo.

出る（でる）　我在早飯後外出散步。

朝食後私は散歩に出ました。

I went out for a walk after breakfast.

你是那個大學出身？

君はどこの大学を出（で）たのですか。

What university did you graduate from?

他要競選臺北市長。

彼は台北市長選挙に出ます。

He is going to run for governor of Taipei.

皇后美智子的新聞登在朝日新聞了。

皇后美智子に関する記事は朝日新聞に出ていました。

The news of queen Michiko was appeared in the Asashi daily news.

と

…と言う

那個姓吳的人，想入政界活動。

あの呉と言う人は政界に出ようと企てています。

A man named Wu, is planning on launching into politics.

如何

喝一杯好不好？

一ぱいどうですか。

How about a drink?

どうして

爲什麼不呢？

どうしていけない。

Why not?

どうしても

無論怎樣，我一定要見她。

どうしても彼女にぜひ会わなきゃ。

I must see her by all means.

どうせ

反正是（橫豎是）我要朝那方向去的呢。

どうせ私はその方向(ほうこう)に行くところです。

I am going that way anyhow.

どころか

豈只是談不上和善，他簡直是一個僞君子嘛!

親切どころか、彼はまったく僞善者(ぎぜんしゃ)です。

Far from being kindly, he is a hypocrite.

ところで

可是，你想要什麼?

ところで君が何か欲しいですか。

By the way, what do you want?

兎(と)に角(かく)

總而言之（總之），讓我們試試看吧。

とにかく、我々はやってみましよう。

Let's try, at all events.

な

仲仲(なかなか)

好得很。

なかなかいい。

Oh, quite well.

何故(なぜ)

你爲什麼不來個電話?

なぜ電話をかけなかったですか。

Why didn't you phone me?

何より
我訪問好友，比什麼都覺得高興。
私はいい友たち訪ねるのが何より楽しいと思ひます。
I like more than anything else to call on my good friends.

何とか
我總要設法完成這篇論文。
私はなんとかしてこの論文を仕上げるようにします。
I will finish this essay somehow.

に

匂
好香哪!
いい匂ですね。
How delicious it smells!

にたりよったり
他們幾乎是完全相似的格調囉。
彼らは殆どにたりよったりですね。
They are almost both of the style.

ニュース
有什麼有趣的新聞嗎?
なにか面白いニュースありますか。
Are there any interesting news going on?

人気
她是一個電影紅明星。
彼女は映画の人気スータです。
She is a popular movie star.

ぬ

抜く

把釘子拔掉。

くぎを抜きます。

Draw out a nail.

抜け目

他是一個識大體的人。

彼はぬけ目のない人です。

He is a shrewd man.

濡れ手

靠特權發大財。

濡れ手で粟、大いに儲けます。

Make easy a large sum of money by privilege.

ね

願う

我衷心願你成功。

君の成功を心から願っています。

I sincerely wish for your success.

値切る

這家百貨店大減價。

このデパートは大売出しをやっています。

This department drive a hard bargain.

熱望

他很想住在東京。

彼は東京に住みたいと熱望しています。

He hungered to live in Tokyo.

の

望む（のぞむ）

我希望你能得到諾貝爾獎。

私は君がノーベル賞（しょう）を貰うことを望（のぞ）んでいます。

I hope you can get the Nobel Prize.

のんびり

我過著悠閒的獨身生活。

私はのんびり独身（どくしん）生活を過（すご）しています。

I enjoy a leisurely single life.

ノンフィクション

這是有關中國大陸的一部暢銷的報導文學作品。

これはよくうれる大陸中国に関するノンフィクション作品（さくひん）です。

This is a best seller in nonfiction about Mainland China.

は

場合（ばあい）

根據境況，我要考慮對策。

場合によっては、私は対策を考えています。

According to circumstances, I will consider a countermeasure.

拝見（はいけん）

欣讀來書。

お手紙嬉しく拝見しました。

Thank you very much for your letter.

許り(ばかり) 剛剛收到你的來信。
お手紙は今受け取ったばかりです。
Your letter reached me just now.

はっきり 我記得很清楚。
私ははっきり覚えています。
I remember clearly.

速く(はやく) 快點、快點!
速くしろ。
Make haste!

パン 人不是光爲了麵包而活著的。
人はパンのみにて生きるにあらず。
Man shall not live by bread alone.

ひ

日(ひ) 我們必須把日期往後延。
我々は日を繰り下げる必要があります。
We have to put off the day.

贔屓(ひいき) 多謝您的愛顧。
毎度ごひいきにあずかりありがとうございます。

I thank you for your custom.

ぴったり

這件上衣恰好合身。

この上着はぴったり合うです。

This coat is a perfect fit.

ヒント

他從你的著作中得到啓示。

彼はあなたの著作（ちょさく）からヒントを得（え）ました。

He got a hint from your book.

ふ

風（ふう）

像個工人的様子。

労動者（ろうどうしゃ）風の人です。

A man looking like a workman.

中國式的建築物。

中国風の建物（たてもの）。

A Chinese style building.

日本式飯菜。

和風料理。

Japanese type food.

布団（ふとん）

兩套棉被和座墊。

二セットのふとんと座布団（ざぶどん）。

Two sets of quilts and cushions.

風呂(ふろ)　洗澡。

風呂に入(はい)る。

Take a bath.

へ

平気(へいき)　我不在乎謠傳。

うわさなんか平気です。

I do not mind the rumor.

ぺこぺこ　我很餓了，因爲沒吃早飯呢。

ぺこぺこよ、朝食ぬきですから。

I am very hungry, for I didn't eat breakfast.

下手(へた)　她說的英文很笨囉。

彼女は英語を話すのがへたですね。

She does not speak English well.

変(へん)　那個傢伙是個怪人呀!

あいつは変な人ですよ。

He is strange.

ほ

外(ほか)　我不喜歡這個様式，拿其他的看看。

このスタイルが好きではないが、何が外のを見せて。
I don't like this style, show me some others.

此外，還有什麼人來?
外にまた誰が来ますか。
Who else is coming?

程(ほど)

她不像你所說的那麼美。
彼女はあなたが言うほど美人(びじん)ではない。
She is not so beautiful as you say.

從這兒去機場有多遠?
エアポートまでどれほどありますか。
How far from here to the airport?

開玩笑也要有個分寸!
冗談にもほどがあります。
You have carried your job too far!

那麼、改天見。
では、後程(のちほど)。
Well, see you later.

殆ど(ほとんど)

那簡直是近乎夢想嘛!
それはほとんど夢想(むそう)ではないか。

It's almost a vision.

ほんの　只是略表寸心。

ほんの少し気持(きもち)だけですが。

Just a little feeling of gratitude.

ま

誠(まこと)に　實在佩服!

誠に感心(かんしん)します。

Indeed, with admiration!

正(まさ)に　正如您所説的。

正におっしゃるとおりです。

Exactly, just as you say.

真面目(まじめ)　他是個老實的孩子。

あの子は真面目です。

He is a meek boy.

先(ま)ず　先告訴你一件好消息。

先ずいいニュースをあなたに知らせます。

First of all, I'll tell you a good news.

益々(ますます)　他的研究更見進展了。

彼の研究は益々進展(しんてん)しつつあります。

He progressed in his studies more and more.

又（また）　請再來喲。

また来てくださいね。

Please come and see us again.

迄（まで）　我從早忙到晚。

私は朝（あさ）から晩（ばん）まで忙（いそが）しい。

I am very busy from morning till night.

等到你來，我已經看了兩小時的電視了。

君が来るまで二時間テレビを見ました。

I had been watching TV for two hours when you came here.

到臺北火車站要多少錢？

台北駅までおいくらですか。

How much does it cost to Taipei station?

間に合う（まにあう）　我們趕上了上午十一點的火車。

私たちは午前十一時の列車（れっしゃ）に間（ま）にあいました。

We were in time for 11:00 A.M. train.

真ん中（まんなか）　臺中大致是位於臺北和高雄的中間。

台中は台北と高雄のほぼ真ん中にあります。

Taichung is located nearly midway between Taipei and Kaohsiung.

△日本語文中的字母相同、讀音相同，而不同義的單字很多，像最常見的，也是使用最多的一些字如:

神、髮、紙 — 都是「かみ」;

花、鼻、端 — 都是「はな」;

海苔、糊、法則 — 都是「のり」……。

這類字例，實在太多了。可是只要用漢字寫出來，就字義分明，一目瞭然。漢字在日本語文中的主要功能，即在於此。

在「み」字母裡，也可舉出最常用的「水」字和針的穿線孔「針孔」也都是「みず」，還有最不容會錯意的兩字是:

見方(みかた) 看法。

見方。

A way of looking.

味方(みかた) 同志、一夥人。

仲間(なかま)・支援者(しえんしゃ)(味方)。

Comrade・Supporter.

△類似上述者，也是很令人感覺有趣的一面，並且藉此還能對多記單字有些助力。尤其是對於與日常生活相關的這類單字，更易於發生相互聯想作用。

若以這樣的一個看法（見方，A way of looking）來研析每一個日文字母同樣具有的此一情形，那實在會別有一番興味，因為只要翻開日文字典，從五十音圖的ア字母起，到最後的ん字母止，便可發現處處皆是，多不勝收。

む

昔（むかし） 從前的時候，一個老故事。
昔、ある古い物語り。
Once upon a time, an old story.

旨（むね） 宗旨。
旨。
The effect.

胸（むね） 胸部不適。
胸の病（びょう）。
Chest trouble.

棟（むね） 房屋之樑。
屋根（やね）の棟。
The ridge of a roof.

め

目当て（めあて） 目標。
目当て。
An aim.

迷惑（めいわく）　多蒙你費神啦。

ご迷惑をおかけしました。

I am sorry to have troubled you.

目立つ（めだつ）　他是一個受人矚目的學者。

彼は目立つ学者です。

He is an attractive scholar.

目出度い（めでたい）　可賀之事。

めでたいこと。

A happy event.

珍しい（めずらしい）　現在這種人可少有的呵。

そんな人は、いまどき珍しいですね。

Such a man is rare nowadays.

も

儲け（もうけ）　賺大錢。

大（おお）儲けをする。

Make a pile of money.

申込み（もうしこみ）　申請書表格。

申込用紙。

An application form.

申し訳（もうしわけ）

抱歉、抱歉。

申し訳ございません。

I beg your pardon.

勿論（もちろん）

那不必說啦，他是我最要好的朋友之一哦。

もちろん、彼はいちばん仲の良かった友たちの一人ですよ。

Of course, he was one of my best friends.

八百屋（やおや）

靑菜店。

八百屋。

A vegetable store.

軈て（やがて）

他就要快回來了吧。

彼はやがて帰るでしょう。

He will soon be back.

約束（やくそく）

我今天和他有一個約會。

私はきょう彼と約束があります。

I have an appointment with him today.

我明天和她有一個約會。

私はあす彼女と約束があります。

I have a date with her tomorrow.

やっと　總算回到臺北啦。
やっと台北に着きました。
At last we reached Taipei.

やる　我給他一本書。
私は彼に一冊の本をやりました。
I gave him a book.

試一試做做看。
やってみよう。
Try to do.

我們在下星期舉行酒會。
私たちは来週パーティをやります。
We are going to hold a cocktail party next week.

愉快(ゆかい)　眞太愉快啦。
本当に愉快でした。
Certainly, I have had a good time.

ゆっくり　請不要著忙。
どうぞ、ごゆっくり。
Take it easy.

我希望他再稍微慢一點兒。

もうすこしゆっくりやってほしいものです。

I wish he would go a little more slowly.

輸入(ゆにゅう)

從日本進口的貨品。

日本からの輸入品。

Goods imported from Japan.

よ

用意(ようい)

你已經準備好了嗎?

あなたはもう用意できていますか。

Have you prepared for it?

容易(ようい)

寫一本書不是容易的事情。

一冊の本を書くのは、容易なことではない。

It is not easy to write a book.

洋食(ようしょく)

西餐。

洋食。

Western dishes.

要職(ようしょく)

要職。

要職。

An important post.

喜ぶ(よろこぶ)　你的成就是我最大的歡慰。

君のご成功は私の最も喜ぶことです。

Your success is my greatest delight.

ら

ラジオ　這小收音機不錯吧。

いいミニラジオでしょう。

Good mini radio, isn't it?

らしい　他好像相當有實力的樣子。

彼はかなり実力(じつりょく)があるらしい。

He seems to have real ability.

楽に(らくに)　你的話嘛，當然會勝任愉快嘍。

君なら、楽にできる筈(はず)ですよ。

I am sure you can do it well.

乱筆(らんぴつ)　匆匆、字草文俚。(書信結尾常用句)

乱筆。

Excuse my writing in haste.

り

立派(りっぱ)　她穿著十分講究的藍色時裝。

彼女はブルーの立派な流行服着てます。

She is wearing splendid blue clothes.

偉人（高尚的紳士）。

立派な人。

An honorable man.

流行（りゅうこう）

流行語。

流行することば。

A vogue word.

旅行（りょこう）

旅行支票、旅行社。

トラベラーズチエック・旅行案内所。

Traveler's check. Tourist agency.

料理（りょうり）

我的姐姐很會做菜。

僕の姉様は料理が上手です。

My older sister is a good hand at cooking.

る

留守（るす）

當你不在家的空兒，王先生來了。

あなた留守の間に王さんが来ました。

Mr. Wang came while you were out.

很多在美國的中國學生們打工，幫人看孩子看家。

多くの中国学生たちはアメリカでアルバイトに子守と留守番をします。

There are many Chinese students in America doing

baby-sitting as part-time job.

ルール　我們應當制訂規則來做。

私たちはルールを作ってからやらなければならない。

We should make it a rule and to do.

れ

礼(れい)　太多禮就成爲無禮了。

礼も過ぎれば無礼(ぶれい)となります。

Too polite is impolite.

回禮要快。

礼をかえすのは早くしなければならない。

Be quick to give a present in return.

說這種事是很失禮的。

こんなことを言うのは失礼になります。

It is impolite to say such a thing.

列車(れっしゃ)　他每天早晨和我搭同一列車。

彼は私と毎朝同じ列車(れっしゃ)です。

He is on the same train with me every morning.

歴史(れきし)　這一個建築很有歷史。

この建物(たてもの)には歴史があります。

This building has a history.

連絡（れんらく）　明年你來臺北的時候，務必跟我連絡，這是我臺北的住址。

あなた来年台北に来る時、なるべく連絡して下さい。これは私の台北の住所（じゅうしょ）です。

When you come to Taipei next year, be sure in touch with me. This is my address in Taipei.

練習（れんしゅう）　我沒有自信，因為最近簡直沒有練習呀。

私は本当に自信（じしん）がなく、最近ぜんぜん練習してないですから。

I have no confidence in myself because I haven't practiced lately.

ろ

老人（ろうじん）　老年人。

老人(年寄（としよ）り)。

An old man.

浪人（ろうにん）　大學考試不及格者・無業游民。

浪人。

A student unable to enter a university. A man out of job.

ローマ字(じ)

羅馬字拼音式日語。

ローマ字の日本語。

The Roman letters Japanese.

論説(ろんせつ)

主筆。

論説委員(いいん)。

An editorial writer.

わ

若(わか)い

年輕的時代被稱爲人生的青春。

若い時は人生(じんせい)の青春(せいしゅん)だと言われます。

Young days was called the springtime of life.

我(わ)が儘(まま)

他是一個任性的孩子。

あの子(こ)はわがままな子です。

He is a willful boy.

分(わか)る

我不明白您說的意思。

あなたの言うことが分らない。

I don't understand what you say.

訳(わけ)

是什麼道理呢?

どういう訳ですか。

What is the reason?

態々（わざわざ）

勞您特別來一趟，多謝了。

態々来ていただき、どうもありがとう。

Come expressly, many thanks.

忘れる（わすれる）

我把記事本又忘在家裡了。

私はまたノートブックを家に置き忘れました。

I forgot the notebook at home again.

割合に（わりあいに）

昨天下了雨的關係吧，相當地涼爽。

きのうは雨でしたから、割合に涼（すず）しかったです。

It rained yesterday, therefore it was rather cool.

を

を

祝您多福。

ご多幸（たこう）を祝（しゅく）します。

I wish you every happiness.

聽了高興。

それを聞（き）いてうれしいです。

I am glad to hear that.

請多加保重。

ご自愛（じあい）を祈（いの）ります。

Please take good care of yourself.

ん

安全（あんぜん） 安全第一。

安全第一（だいいち）。

Safety first.

印象（いんしょう） 他的男子氣概給我們不錯的印象。

彼は男らしく、よい印象もてるでした。

He is manly and makes a good impression on us.

△接著，再按照英文的二十六個字母順序，略找一些各種詞類的常用單字並造句。從英文單字中，我們可以發現到：使用最少字母的單字；和使用最多字母的單字，都是最容易記住的。如：只用一個字母的“A”（不定冠詞）和“I”（代名詞）；相對的用最多字母的則有“Chrysanthemum”（菊花），“mediterranean”（地中海），“International”（國際），“Inter-ventionist”（他國內政干涉主義者），“Internationalist”（國際法學者），“Internationalization”（國際化）……等等，由十三個到二十個字母構成。

A

a 玫瑰花是我特別喜歡的花。

バラは私の最愛（さいあい）の花（はな）です。

A rose is my favorite flower.

我現在正在洗澡。

私は今、お風呂入っているです。

I'm taking a bath right now.

日本人口頗多。

日本は人口(じんこう)が多いです。

Japan has a large population.

我想做一個教師。

私は先生(せんせい)になりたいです。

I want to be a teacher.

我家旁邊是一家書店。

私の家のとなりが本屋(ほんや)です。

There is a bookstore next to my home.

你會彈鋼琴是不是？彈一曲好不好？

あなたはピアノひけるでしょう、何か一曲(いっきょく)ひいてよ。

You can play the piano, can't you? Will you play a piece?

讓我們休息一下吧。

一寸休憩(きゅうけい)しましようか。

Let's take a rest.

一路順風。

いい旅を。

Have a nice trip.

able 他是一個有才能的學生。

彼は才能のある学生です。

He is an able student.

absence 我現在正在休假。

私は休暇を取っています。

I'm on leave of absence.

agree 你對我的意見同意嗎？

あなたは私の意見に同意しますか。

Do you agree with my opinion?

aid 它是有助於記憶力的。

それは記憶力の助になります。

It is an aid to memory.

any 有什麼學英語的好方法嗎？

英語を習うには何かいい方法がありますか。

Is there any good way of learning English?

anyhow 無論怎樣，我不相信韓國能做得成。

どうしても、韓国がよくできることを信じられない。

Anyhow, I don't believe Korea can be done.

anything　據我所知，他是一個好人。
私の知るところでは、なんでも彼は好い人間ですよ。
For anything I know, he is a good man.

anyway　不管如何，他是會來的。
何にしても、彼は来るですよ。
Anyway, he will come.

anywhere　我願意在您喜歡的任何地方會見您。
あなたの好きなところなら、どこでもあなたに会に行きます。
I will meet you anywhere you like.

arrival　自我到了美國之後，交了許多朋友。
私はアメリカに来てから、たくさんの友たちができました。
Since my arrival in America, I have made a great number of friends.

available　這來回票可通用一個星期。
この往復切符は一週間通用できます。
This return-ticket is available for a week.

B

bank 我在銀行有十萬元存款。

私は銀行(きんこう)に10万元の預金(よきん)があります。

I have a bank account of 100,000 Yuan.

bargain 在大減價時買來的。

バーゲンでそれを買ってきました。

I bought it in a bargain.

be 請今晚七點鐘來這裡。

今晩七時にここに来なさい。

Be here at 7 tonight, please.

beautiful 她長得美而且有教養。

彼女は美しく、それに教養(きょうよう)も高(たか)い。

She is beautiful and accomplished.

〈註： 在中、 日兩國均可以美字形容男女之美， 如美女、美男子。但在英文中，beautiful 只形容女人，不能用之於男人。形容男人之美時，則用handsome.〉

best 我必當盡力而爲。

私はいっしょうけんめいにやります。

I will do the best I can.

better　你要少喝酒才好。
あまり酒を飲まない方がいいです。
You'd better not drink too much.

bow　我鞠躬致謝。
私は腰をかがめておじぎします。
I bowed my thanks.

bright　我希望你前途光明。
あなたの光明な前途を祝します。
I hope that a bright future is in store for you.

bring　他說明天把那個拿給您。
彼はあしたあれを持って来てあなたにさしあげますと言いました。
He said he would bring it to you tomorrow.

C

careful　注意你所做之事。
よく仕事に気をつけください。
Be careful of what you are doing.

celebrate　您準備怎樣過年?
お正月はどのようにお祝いをするのですか。

How do You celebrate New Year's day?

chance　這給他一個好機會。

これは彼にいいチャンスを与えられます。

This gave him a fair chance.

cheaper　那個太貴啦，要便宜些的。

あれ高すぎます、安いのはありませんか。

That's too expensive, show me a cheaper one.

come　他一定會來，昨天晚上他有電話來。

彼は来るに違いない、ゆうべ彼から電話がありました。

He is sure to come. I got a call from him last night.

我現在就來了。

僕は今行きます。

I'm coming now.

我想把演奏會的票弄到手。

コンサートのチケットを手に入れたい。

I want to come by a concert ticket.

帳單算了一百美金。

勘定(かんじょう)は100ドルになります。

The bill comes to a hundred dollars.

comfort 他藉讀書自娛。

彼は読書(どくしょ)をするのに悠々自適(ゆうゆうじてき)しています。

He takes his comfort in reading.

comfortable 我覺得很舒適。

私は非常に気楽(きらく)と感じています。

I feel quite comfortable.

consider 我們應該考慮他的經歷。

私たちは彼の経歴(けいれき)を考え合わせなければならない。

We must consider his background.

conversation 這是會話的一個話題。

これは会話、中の一つのトピックです。

It is a topic of conversation.

copy 請把這合同複印一份。

この契約(けいやく)をコピーして下さい。

Copy this Contract out, please.

cost 這個花瓶值十塊美金。

この水がめの値段(ねだん)は十ドルです。

This vase costs ten dollars.

cover 我的收支好不容易算是干衡了。

私の収入はやっと支出をまかなうだけになりました。

My income barely covers my expenses.

crowd 哦，好擠呀!

おや、こんでいますね。

Oh! Crowded, isn't it?

culture 他們是有文化水準的人。

彼らは文化レベルのある人たちです。

They are persons of culture.

D

difference 日文的漢字和中國的文字有什麼不同之處呢?

日本語の漢字(かんじ)と中国の文字(もじ)とは、どういうちがいがありますか。

What is the difference between Japanese Kanji and Chinese characters?

different 多少有些差異。

いくらか違いがあります。

It is something different.

dinner 來吃便飯嘛。

粗飯をさしあげますからおいてください。

Come to dinner and take potluck.

do 就做吧。

やってしまおう。

Do it.

那就好。

それでいいでしょう。

That will do.

我們必須消滅戰爭。

戦争は消滅しなければなりません。

We must do away with war.

她盡了全力去幫助了一個老人。

彼女はある年寄を助けるために最善をつくしました。

She did her best to help an old man.

你不必告訴你的朋友。

君はそれを友人に話すにはおよばない。

You don't have to tell it to your friend.

你可不可以把這個翻譯成英文？

英語に訳してくれませんか。

Will you translate this into English?

dress 他在換禮服赴宴。

彼は晩餐の席に出るため着がえしています。

He is dressing for dinner.

E

each 各人有各人的主張。

人にはそれぞれ自己の主張があります。

Each has his claims.

他分給了每人各兩個。

彼はめいめいに二つずつ与えました。

He gave two to each.

兩位少女相互談心。

そのふたりの少女はおたがいに話しあっていました。

The two girls were talking to each other.

effort 他的努力得到成果。

彼の努力が報いられました。

His effort were rewarded.

else 另外，你還做了什麼？

そのほかに何をしましたか。
What else did you do?

我還有另外的東西給你。
私はまたほかに何かさしあげます。
I have something else to give you.

engage　他和一位小姐訂婚了。
彼はあるお孃様と婚約しました。
He is engaged to a girl.

engagement　我今天下午四點鐘有一個約會。
私はきょうごご四時、約束があります。
I have an engagement today afternoon at four o'clock.

enjoy　欣賞美景是一樂。
美しい景色を見て楽しく味わいました。
I enjoyed the beautiful sight.

entertain　有人請我吃了午飯。
私は昼飯のごちそうをいただきました。
I was entertained at luncheon.

event　不管怎樣，你還是試一下的好。

とにかく、あなたはやはりやってみる方がいいのです。

At all events, you had better try.

ever　跟平常一樣地好。

いつものようにいい。

As good as ever.

你去過那兒嗎?

そこに行ったことがありますか。

Have you ever been there?

expect　我將努力不負您的期望。

ご期待にそむかぬように努めます。

I will do what is expected of me.

extend　罷工已延長了三天啦。

ストラィキは三日間に延長しました。

The strike had extended over three days.

F

fair　進入佳境。

運勢がついているようです。

To be in a fair way.

famous　她是有名的高音歌星。
彼女はソプラノスタとして有名です。
She is a famous soprano star.

fashion　這是巴黎的最新流行。
これはパリのまあたらしい流行です。
This is all the fashion now in Paris.

for　他在美國很久。
彼はアメリカに長いあいだいました。
He has been in America for a long time.

fortune　蓄財致富。
彼はひと財産こしらえました。
He made a fortune.

friend　寂寞的時候，我需要朋友。
淋しい時、友たちが欲しい。
When I am lonely, I want a friend.

困境中才見眞朋友。
不遇の時に始めて本当の友たちを見わけがつきます。
A friend is known in adversity.

這一事實表現出了他的友情。

この事実は彼の友情を表わしました。

The fact indicates his friendship.

from　我們從星期一到星期六上學校去。

私たちは学校に月曜から土曜まで行きます。

We go to school from Monday to Saturday.

full　我不能全部告訴你。

あなたに全部話すわけにはいかない。

I can not tell you the full of it.

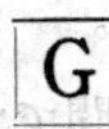

get　我們到外面去喝茶吧。

さあ、ここから出てお茶でも飲みましょう。

Let's get out of here and have some tea.

我在今天上午九點半鐘到了他家。

私はけさ彼の家へ九時半につきました。

I got to his house at nine thirty this morning.

你是怎樣認識他的?

どうして彼と知りあいになったのですか。

How did you get to know him?

請給我來杯咖啡。

コーヒーを一杯ください。

Get me a cup of coffee, please.

我也在這裡下車。也許我們在臺北什麼地方還會再碰面哩。

私もここで降ります。又台北のどこかでお会いするかもしれない。

I get off here, too. We may meet again somewhere in Taipei.

要到飲茶的時間了。

もうすぐお茶の時間ですよ。

It is getting near tea time.

我理了髮。

私は散髪しました。

I got my hair cut.

我想得到關於那方面的資訊。

それに関する情報を得たいですが。

I want to get information about it.

對不起，我沒有聽清楚您貴姓。

お名前が聞きとれませんでした。

Sorry, I didn't get your name.

我累啦。

疲れました。

I got tired.

我們要坐公共汽車。

僕たちはバスに乗ります。

We'll get on a bus.

一天比一天地冷起來了。

日に日に寒くなりました。

It is getting colder every day.

他倆個好像要結婚的了。

あの二人は結婚するらしいですかな。

It looks as though they are going to get married.

我的朋友送我一件禮物。

私は友人からプレゼントをもらいました。

I got a present from my friend.

give　我的朋友送我一件禮物。

友人は私にプレゼントをくれました。

My friend gave me a present.

請推一下門試試。
その戸を押してごらなさい。
Give the door a push, will you?

可不可以搭個便車到音樂廳？
ミュージックホールまで乗せてくれますか。
Will you give me a lift to the music hall?

她對我做出冷淡的表情。
彼女は、僕にそっけなくしました。
She gave me the cold shoulder.

glad　那就很好哪。
それは結構なことですな。
I am glad of it.

go　不要老是追女孩子。
女の子ばかり追いかけるなよ。
Don't go after girls.

你說得太過火了。（離題太遠了）
言いすぎたですよ。
You're going too far.

我們仔細地推敲一下吧。

ではこまかい点を入念に調べましょう。

Let's go through the details now.

昨晩幾點鐘睡的？

きみは昨夜何時にねましたか。

What time did you go to bed last night?

我們到香港好好玩一趟吧。

では、香港に旅を楽みにしよう。

Let's go Hongkong and make an enjoyable trip.

我對棒球著迷了。

私は野球に熱中しております。

I go in for baseball.

我們今天要把午餐省掉了。

今日私たちは昼食ぬきにします。

We'll go without lunch today.

這個支票在美國任何地方都可通用。

この小切手はアメリカのどこでも通用します。

This check can be used anywhere in America.

guess 我一向猜不透你作何打算。

君がどんなつもりか僕には一向わからない。

I can't even guess at what you mean.

guest 我正等客人們來吃飯。

私は食事に来るお客さんを待っているところです。

I expect guests to dinner.

guide 過去的歷史是對未來的指南。

過去の歴史は未来への指南役(しなんやく)になっています。

The history of the past is a guide for the future.

△中、日、英語文中常用單字內又有若干單字有多種用途，視人、時、地、狀況、動態……之不同而用以表達多種意義，例如上述之“get”這一個單字，卽被稱爲「魔法之動詞」，在英文大辭典中就列有一百種以上的用法以示其語義。

日語中類似此一情形者，如「やる」一字，固然作「做」的意義，但在表達「給」、「使」、「飲」、「食」、「演」、「學」……等行爲時，也可用此字。

中國語文的「幹」字，本爲「軀幹」之義，但亦擴展爲「幹才」、「幹部」、「枝幹」……等解釋，而在口語中則又有「幹麼」(爲什麼)、「幹不了」(不能勝任)、「幹不來」(工作不適合)……等與原義大不相同之義。

這只是僅舉一個實例的說明爲證，必須在這方面記住凡是屬於此類單字的多義性。其在會話時確最能配合廣義的需求。

H

hand 我們携手合作吧。
私たち手をつないでやりましょう。
Let us join hand in hand to do.

他跟我握手爲禮。
彼は僕と握手(あくしゅ)しておじぎしました。
He shook hands with me.

happy 我好高興呀。
僕は嬉しかったですよ。
It makes me happy.

我樂於幫忙你。
僕は喜(よろこ)んでお助(たす)けします。
I shall be happy to assist you.

have 請給我一根香煙好不好?
タバコを一本いただけませんか。
May I have a cigarette?

儘管照你自己的意思做好了。
勝手(かって)にしなさい。
Have it your own way.

該樂一樂啦。
楽しもうよ。
Let's have fun.

我必須去那裡。
僕はそこへ行かなくてはならない。
I have to go there.

你這套衣服在那兒做的？
君はそのスーツをどこで作ったのですか。
Where did you have your suit made?

here　這是給您的一件小禮物。
粗品ですが、さしあげます。
Here's something for you.

到了。
さあ、着きました。
Here we are.

home　在從學校回家的路上。
学校から家に帰る途中。
On the way home from school.

honesty　正直在於不說謊話。

正真(しょうじき)とは先ずうそを言わないことです。

Honesty means not telling a lie.

honor 您允許我這樣做嗎?

そうさせていただけませんか。

May I have the honor of doing so?

hope 希望能天晴。

天気は晴(は)れると思います。

I hope the weather will clear up.

hour 幾點鐘啦?

何時(なんじ)ですか。

What is the hour?

house 這是他住的家。

これは彼が住(す)んでいる家です。

This is the house where he lives.

how 到那兒是怎樣的去法?

そこへどうやって行けますか。

How can I get there?

我不曉得怎樣用法?

使(つか)い方(かた)がわかりません。

I don't know how to use.

他是怎樣做的?
どんなふうに彼はそれをしたのですか。
How did he do it?

下星期天去野餐好不好?
こんどの日曜日ピクニックにいきませんか。
How about going on a picnic next Sunday?

為什麼您來得這麼早?
どうしてこんなに早く来たのですか。
How come you're so early?

however 不管怎樣地遲，我們必須要去。
どんなにおそくても、僕たちは行かなくてはならない。
However late it may be, we must go.

I

I 我聽說他上個月回東京去了。
彼は先月東京に行ったそうです。
I hear that he went to Tokyo last month.

idea 我要告訴您一個構想。

私はあなたに一つの考(かんが)えを知らせたいと思います。

I'd like to tell you an idea.

identity 他在演說中，常用「同一性」這個字眼。

彼は演説(えんぜつ)の中によく「アイデンティティ」という単語(たんご)をつかいました。

He often used the word "identity" in his speech.

image 我的故鄉以形象佳著名。

私の郷(きょう)里(り)はそのいいイメージで知(し)られているです。

My home-town is famous for its good image.

in 請進。

どうぞお入(はい)りなさい。

Come in, please.

他在家嗎？

彼はご在宅(ざいたく)ですか。

Is he in?

他在旅館前停了一下，就進去了。

彼はホテルの前でとまり、中へ入っていきました。

He stopped in front of the hotel and went in.

媽媽爲了準備早飯很早就起床了。

母は朝食を用意するために早く起きました。

Mother got up early in order to prepare breakfast.

她用這一個方法很能講法語了。

彼女はこのふうにして、よくフランス語が話せました。

In this way she could speak French well.

it　對你來說，學英語不難。

英語を学ぶことは、きみにとってやさしい。

It is easy for you to learn English.

我能夠擔任這項工作。

私にはその仕事をすることができます。

It is possible for me to do the work.

今天早晨相當冷呀。

けさは大変寒いですね。

It's very cold this morning.

J

just　這要點正如你所說的一樣。

そのポイントはいかにもおっしゃるとおりです。

The point just as you say.

他方才正是來看您。

彼はちょうど今あなたに会いに来たところです。

He came just now to see you.

我剛讀完這本書。

私はちょうど今この本を読み終わりました。

I have just read this book.

他剛到。

彼は今来たばかりです。

He came just now.

K

keep

不要作聲，好不好？

黙っててね、いいか。

Keep still, okay?

再會了，多多保重喲。

さようなら、元気でね。

Goodbye and keep well.

從那兒請一直走。

そのまま真直ぐ行きなさい。

Keep straight on.

他在臺北有很多商店。
彼は台北に何軒の店を経営しています。
He keeps many shops in Taipei.

她弄得不能不笑了。
彼女は笑わずにはいられなかった。
She couldn't keep from laughing.

你要注意別讓小孩子靠近火。
子供を火に近づけてはいけない。
You must keep children away from fire.

kind

她是多麼和善的一位女士啊。
彼女は何と親切な婦人でしょう。
What a kind lady she is!

你想要那一類的書呀？
どんな種類の本がご入用なのですか。
What kind of books do you wish to have?

know

我認識你的父親。
私はあなたのおとあさんを知っています。
I know your father.

你知道她想去那兒的嗎？

きみは彼女がそこへ行きたいことを知っていますか。

Did you know that she wanted to go there?

L

let　父親叫我們給他的車子照像。

父は私たちに彼の車(くるま)の写真(しゃしん)をとらせました。

My father let us take pictures of his car.

請把我的衣服放寬一吋。

ドレスを一(いち)インチ広(ひろ)げてください。

Can you let my dress out an inch?

let's　我們聽廣播吧。

ラジオをききましょう。

Let's listen to the radio.

like　你喜歡跳舞嗎?

あなたはダンスをするのが好(す)きですか。

Do you like to dance?

他是怎樣的一個人呵?

彼はどんな人ですか。

What is he like?

look　喂，你瞧!

おい、これ。

Look here.

注意看第十頁的圖片。

10ページの絵をみなさい。

Look at the picture on page ten.

他們到樹林裡找水菓去了。

彼らは果物をさがしに森の中に行きました。

They went into the forest to look for some fruit.

老師大致看過你的報告書了。

先生は君のレポートに目を通しています。

The teacher is looking over your report.

他長得眞像他的母親。

彼は本当に母親にそっくりですね。

He looks like his mother, indeed.

我的母親看起來年輕來著。

私の母は、若く見えます。

My mother looks young.

luck　祝您好運氣。

幸運を祈ります。

Good luck to you.

M

make

他的哥哥將在辯論會中發表演說。

彼の兄はコンテストで演説するでしょう。

His brother will make a speech at the contest.

不要開我的玩笑。

からかわないでよ。

Don't make fun of me.

你能使它趕上時間嗎?

それを間に合わせられますか。

Can you make it on time?

請確定。

たしかめて下さい。

Please make sure.

我簡直是不明白。

さっぱりわからなかった。

I could make nothing of it.

我要她去當護士。

私は彼女を看護婦にするつもりです。

I'll make her a nurse.

她將使你幸福。

彼女はあなたを幸福にするでしょう。

She will make you happy.

我們叫他們來這裡。

私たちは、彼らをここへ来させましょう。

We will make them come here.

many

我在車站碰見那個人好多次。

私はその人に駅で何回も会いました。

I met that man at the station many times.

may

我可以開窗子嗎?

窓をあけてもよろしいですか。

May I open the window?

可以把收音機放在桌子上嗎?

机にラジオを置いてよろしいですか。

May I put the radio on the desk?

more

這個蘋果比那一個好吃多了。

このリンゴはあれより随分おいしいです。

This apple is more delicious than that one.

請再多用點蛋糕吧。

ケーキをもう少し召上って下さい。

Take some more cake, please.

most 他們的學校大多數是九月開學。

彼らの学校の大部分は九月から始まります。

Most of their schools begin in September.

我特別想見你。

僕はとりわけ君に会いたいと思います。

I want to see you most of all.

must 我一定非讀這本書不可嗎？

私はこの本を読まなければなりませんか。

Must I read this book?

事務所一定要在九點鐘開始。

事務所は9時に開かれぬばなりません。

The office must be opened at nine.

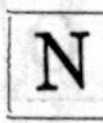

name 那個人爲他的兒子命名一郎。

その人はむすこを一郎と名づけました。

The man named his son Ichiro.

next 誰坐在你旁邊的座位？

君のとなりのいすには誰がすわっていますか。

Who is sitting in the seat next to yours?

nice 再一塊兒工作該多愉快呵。

又一緒に仕事をするのは楽しいでしょうね。

It'll be nice working altogether again.

novelist 他是臺灣有名的小說作家。

彼は台湾の有名な小説作家です。

He is a famous novelist in Taiwan.

now 這裡是什麼地方？

ここはどこです。

Where am I now?

number 請把你的電話號碼告訴我。

あなたの電話ナンバーを告らせて下さい。

Please tell me your telephone number.

of 這條街名是什麼？

この通りの名前は何といいますか。

What is the name of this street?

這裡是什麼地方?

ここは何というところでしょう。

What part of the city is this?

在他們之中的一人。

彼らの中の一人。

One of them.

當然信是用日文寫的。

もちろんその手紙は日本語で書かれています。

Of course, the letter is written in Japanese.

off

全部付清。

全部支払う。

Pay off.

我們休息一天吧。

一日休みをとりましょう。

Let's take a day off.

我今天不大舒服。

今日は気分が悪い。

I'm feeling off today.

我可不可以取消約會?

約束を取り消してもいいですか。

Can I call off the appointment?

on

書放在鋼琴上面。

本はピアノの上にあります。

The book is on the piano.

我可以試穿一下嗎?

試しに着てみてもいいですか。

May I try it on?

我們正在去我們學校的路上。

私たちは私たちの学校へ行く途中です。

We are on our way to our school.

塡寫好表格再把它貼在包裹上。

用紙に記入して小包の上貼ります。

Fill out the form and paste it on the parcel.

請打開電視，好嗎?

テレビをつけて下さいますか。

Will you turn on the television?

戲院裡正在上演什麼?

劇場の出し物は何ですか。

What's on at the theater?

您能幫我忙嗎？

あなたを頼りにしていいですか。

Can I count on your help?

one 這位作家一册接著一册地著書。

この作家は次から次へと本を書きました。

This writer wrote books one after another.

孩子們有一人會彈鋼琴，可是其他的孩子不會。

子供たちのひとりはピアノ弾けるですが、他の子供はできません。

One of the boys can play the piano, but the others cannot.

or 那是鋼琴呢？還是風琴呢？

あれはピアノですか、それともオルガンですか。

Is that a piano or an organ?

不論好歹。

一か八か。

Well, it's all or nothing.

他到舊金山大約住十天左右。

彼はサンフランシスコに行って十日位かそちら滞在(たいざい)するつもりです。

He is going to stay in San Francisco for ten days or so.

out 讓我們對那件事好好地商量一下。

その事(こと)について徹底的(てっていてき)に話(はな)しましょう。

Let's discuss the matter out and out.

我的手錶壞啦。

私の時計(とけい)は故障(こしょう)しています。

My watch is out of order.

我可以邀她出去吃晚飯嗎?

彼女を夕食(ゆうしょく)に誘(さそ)っていいですか。

Can I take her out for a dinner?

我一直沒有去過臺北市外。

私はこの台北市から外(そと)へいままで出(で)たことがありません。

I have never been out of this Taipei City.

own 我有自己的家。

私は自分(じぶん)の家(いえ)を持(も)っています。

I have a house of my own.

她是我的胞妹。

彼女は私の実(じつ)の妹(いもうと)です。

She is own sister to me.

P

pay　我還了借款和利息。

私は借金(しゃっきん)とその利子(りし)を返還(へんかん)しました。

I had paid the debt back with interest.

付現款。

現金(げんきん)を払(はら)う。

Pay in cash.

play　我們來練習投球吧。

キャッチボールを練習(れんしゅう)しましょう。

Let's play catch ball.

她正在拉小提琴。

彼女はバイオリンを引(ひ)いています。

She is playing the violin.

plan　我的興趣是旅行，所以正在寫一個旅行計畫。

私の趣味(しゅみ)は旅行(りょこう)だから、今一つの計画(けいかく)を書いています。

As my hobby is traveling, I'm writing the plan for it.

please　請聽我講。

どうぞ、私の話をききなさい。

Listen to me, please.

我對他很中意。

私は彼が気に入った。

I was pleased with him.

put　她要穿新衣服了。

彼女は新しいドレスを着ようとしました。

She tried to put on her new dress.

睡的時候要把燈熄掉。

ねるときには明りを消しなさい。

Put out the light when you go to bed.

請把這張圖表掛在牆上。

この図表を壁にかけて下さい。

Please put this chart on the wall.

今天能做的事，不要拖到明天。

今日なし得ることを明日まで延すな。

Don't put off till tomorrow what you can do today.

Q

quarrel 他們爲了啥吵架呵？

彼らはどんなことで喧嘩したのですか。

What did they quarrel about?

夫婦吵架。

夫婦喧嘩。

A matrimonial quarrel.

question 問題是你能不能考上。

問題は君の入学受験が受かるかどうかということです。

The question is whether you'll be able to pass the entrance examination.

試驗之成功已只是時間問題了。

テストの成功はもう時間の問題です。

Success in the test is now a question of time.

quite 對，很對。

そう、全くそうです。

Yes, quite so.

今天天氣太好了，眞覺得爽快。

きょうはとてもいい天気で本当にすがすがしいですね。

It's quite fine today and I feel very refreshed.

R

rather　就顏色來說，勿寧說是黃色勝過紅色。

その色はどちらかといえば赤というよりは黄色です。

The color is yellow rather than red.

相當地熱呀，是不是？

だいぶ暑いですね。

It's rather hot, isn't it?

她講英語相當地棒。

彼女はなかなか上手に英語を話します。

She speaks English rather well.

receipt　尊函收到了。

お手紙を受け取りました。

I beg to acknowledge receipt your letter.

請開給我一個收據，好不好？

一つ領収書をいただけますか。

Will you kindly give me a receipt for it?

recently 他最近出版了一本書。

最近彼は本を出版しました。

Recently he has published a book.

他最近結婚啦。

彼は最近結婚しました。

He got married recently.

reception 會見後有一個歡迎會。

会見後、また歡迎会を行います。

After the interview, there are will be a reception.

結婚喜筵定於今日下午舉行。

結婚披露宴はきょうの午後行います。

A wedding reception will be held this afternoon.

refresh 我吸收了新鮮空氣有了精神了。

私は新鮮な空気ですっかり元気が出ました。

I was quite refreshed by the fresh air.

你不想喝杯水提提神嗎?

あなたは元気を出すためにひとコップの水を飲みませんか。

Will you refresh yourself with a glass of water?

register 我要寄這封掛號信。

この手紙を書留にしていただきたいのです。

I'd like to have this letter registered.

必須登記在選舉人名册內，才能投票。

選挙人名簿に登録を済ませなければ投票できない。

A person must register before he can vote.

relation 中日兩國關係趨於友好。

中国と日本との関係は友好的になりました。

The relations between China and Japan became friendly.

他是我的近親。

彼は私の近親です。

He is my near relation.

rent 房屋出租、房間出租。

貸し屋・貸し間。

A house (room) for rent.

repeat　她一再地說「對不起」。

彼女は「すみません」と何ん度も何ん度もくりかえして言いました。

"I am sorry" she repeated and repeated.

representative　李福是我們的駐日本代表。

李福氏は日本における当方の代理人です。

Mr. Lee fu is our representative in Japan.

research　他從事於研究。

彼は研究に従事しています。

He is engaged in research.

rich　他發了財。

彼は金持になりました。

He has become rich.

他富於幽默。

彼はユーモアに富んでいます。

He is rich in humor.

rotary　扶輪社。

ロータリークラブ。

Rotary club.

rule　考試照規定舉行。
試験は規則どおりきちんと行なわれた。
The examination was given by rule.

S

safe　把錢放在安全的地方。
その金を安全な所にしまっておきなさい。
Keep the money in a safe place.

你一定穩會得勝的。
あなたはきっと勝ちますよ。
You are safe to win.

salary　我的月薪是三萬元。
私は三万 Yuanの月給をもらっています。
I get a salary of 30,000 Yuan.

same　我倆人是同一天生的。
私達ふたりは同じ日に生まれたのです。
We were born on the same day.

她和我的妹妹同歲。
彼女は私の妹と同じ年です。

She is the same age as my young sister.

satisfaction 我聽到這消息很滿意。

私はそのニュースを聞いて非常に満足しました。

I heared the news with great satisfaction.

你的成功對我是一大喜事。

あなたの成功は私にとって大きな喜びです。

Your success is a great satisfaction to me.

say 你說了什麼？

あなたはなんと言いましたか。

What did you say?

你應該那樣說的。

あなたはそうおっしゃるのも尤もです。

You may well say so.

信上說他近況很好。

その手紙は彼はちゃんとうまくやっていると書いてある。

The letter says that he is doing very well.

我們對此事有發言權利。

我々はこのことについて、口を出す權利があります。

We have a say in this matter.

school

他已到入學的年齡了嗎？

あの子はもう学校へ行く年になりましたか。

Is he old enough for school?

我們上學。

私たちは学校へ通っています。

We attend school.

secret

一個公開的祕密。

ひとつ公然の祕密。

An open secret.

我們彼此之間毫無祕密。

我々の間にはなんの祕密もない。

We have no secrets between us.

see

天晴的時候，可以從此處看見山。

晴れた日にはここからその山が見えます。

On a clear day we can see the mountain from here.

你看過今天的報紙了嗎？

きょうの新聞をごらんになりましたか。

Have you seen today's newspaper?

我明白你說的意思。

あなたの言う意味はわかります。

I see what you mean.

我送你到府上吧。

お宅までお送りしましょう。

Let me see you home.

你明白嗎?

わかりますか。

Do you see?

我要考慮一下我應該怎樣盡力而為。

それについてなにかできることがないかと考えてみましょう。

I'll see what I can do about it.

send　　我要開車送你到府上。

車でお宅までお送りましょう。

I'll send you home in my car.

我將叫女兒送封信給您。

娘に手紙を持たせてあなたに伺わせます。

I will send my daughter to you with a letter.

您打算叫您的兒子入大學嗎？
あなたは息子(むすこ)さんを大学に行かせるつもりですか。
Are you going to send your son to college?

中華民國行將於近期內派遣特使到海外去。
中華民国は近(ちか)いうちに特使(とくし)を海外(かいがい)に派遣(はけん)するでしょう。
Republic of China will soon send a special envoy abroad.

他送給我一個美好的禮物。
彼は私にすばらしい贈物(おくりもの)をおくってくれました。
He sent me a nice present.

service 他曾經盡力照顧我。
彼は私のために非常に尽力(じんりょく)してくれました。
He has done a great service to me.

這家飯店的服務很好。
そのホテルはサービスがよい。
The hotel gives good service.

shopping 我要買點東西。

私は少し買物があります。
I've some shopping to do.

我正要到超級市場買東西。
私はスーパーマーケットに買物に行くところです。
I'm going shopping at the supermarket.

smart 他長得很帥。
彼はぬけめなさそうだね。
He looks smart.

smoke 你吸香煙嗎?
あなたはタバコを吸いますか。
Do you smoke?

some 有很多水菓，您吃點好吧?
くだものがたくさんあります、おあがりになりますか。
We have lots of fruit, won't you have some?

我讀了一些有關該項的書籍。
なにかの本でそれについて読んだことがあります。
I have read about it in some book.

somebody 我不在的時候，好像有人來看我，不曉得是那一位。

私の留守中に誰かが尋ねてきたらしい、誰だったのだろう。

Somebody seems to have called on me in my absence, I wonder who he was.

somehow 不曉得爲什麼，我總不喜歡他。

どういうわけか私は彼が好きになれない。

Somehow I don't like him.

someone 你到那兒可能會遇到你中意的人。

そこでだれか君の気に入る人に会えるでしょう。

There you will meet someone you like.

sometimes 我們有時和他們打網球。

私たちはどきどき彼らとテニスをします。

We sometimes play tennis with them.

somewhat 我能感覺到你是如何地快樂。

あなたの楽しい気持がいくらかわかります。

I can feel somewhat of your happiness.

somewhere 我把書忘在某個地方了。

私は本をどこかに置き忘れた。

I have left my book somewhere.

soon　易熱易冷。

熱しやすければさめやすい。

Soon hot, soon cold.

我見到他的時候，要立刻問他。

彼に会ったら、すぐこのことを尋ねよう。

I will ask him about it as soon as I meet him.

sort　你喜歡那一類的書？

どんな種類の本がほしいのか。

What sort of a book do you want?

special　今天的報紙有什麼特別新聞嗎？

きょうは新聞になにか特別な記事がありますか。

Is there anything special in the papers today?

speech　言論之自由。

言論の自由。

Freedom of speech.

演說的題目很有趣。

演説のテーマは面白い。

The subject of the speech is interesting.

spend　你在那裡度假？

休暇はどこで過ごしましたか。

Where did you spend your vacation?

start　一個新計畫已經起步了。

一つ新しい企画はもうスタートしました。

A new project has been started.

我們可以在十點鐘出發嗎?

僕たちは十時出発できますか。

Can we start at ten?

station　我去車站爲友人送行過了。

私は友たちを見送りに駅に行きました。

I went to the station to see my friend off.

stay　我要到東京小住一些日子。

しばらく東京に滞在するつもりです。

I am going to make a short stay in Tokyo.

在假期內我是一直住在那裡的。

休暇の間にずっとそこにおりました。

I stayed there through the holidays.

step　瞧! 這標語:「腳下留神!」

みてごらん、このスローガン: 足もとに気をつけなさい。

Look! The slogan: "Watch your step!"

從這兒到我住處只有幾步路。

ここから私の住んでいるところ迄、ほんのひと足です。

It is only a step to my house from here.

still　他還在吃呢。

彼はまだ食べているよ。

He is still eating.

你還年輕的很哪!

君はまだわかいじゃないか。

You are still young!

stop　路過這裡的時候順便來坐坐。

こちらにおいでの時、お立ち寄りください。

Please stop by when you come this way.

我們在下一站下車吧。

僕たちはこのつぎのバス停留所で下車しましょう。

Let's get off at the next bus stop.

他說他打算在去日本途中，路過臺北下機。

彼は日本へ行く途中、台北に降りるつもりだと言っています。

He says he will stop over at Taipei on his way to Japan.

story　有來歷的人。

いわくのある人物。

A person with a story.

我要告訴你很多有趣的故事。

私は君にたくさん面白い物語りを話したいと思います。

I have many interesting stories to tell you.

such　我不喜歡像這樣的書。

私はこのような本は好かない。

I don't like such a book as this.

她是一個了不起的好女孩，所以人人喜歡她。

彼女はたいそうよい子供であったので、誰でも彼女が好きであった。

She was such a good girl that everybody liked her.

suggest　我要照你的建議去做。

君の言うとおりにしましょう。

I will do as you suggest.

他建議我們何妨散步去。

彼は散歩に行こうじゃないかと言い出した。

He suggested that we should go for a walk.

我認爲你應該坐計程車才好，天下雨了。

タクシーにお乘りになった方がいいですよ、雨が降っていますから。

I suggest you take a taxi, it's raining.

suppose

結果遠較我們所想像的好得多了。

我々が想像していたよりも結果はずっとよかった。

The result was much better than we had supposed.

我想你大概是想喝咖啡。

君がコーヒーがほしいでしょうね。

I suppose you want coffee.

sure

你確信這是眞的嗎？

あなたはこれが本当だと思いますか。

Are you sure that this is true?

這是最穩當的賺錢方法。

これは最も確実(かくじつ)な金儲(かねもう)けの道(みち)です。

This is the most sure way to make money.

他一定會來的。

彼はきっと来ます。

He is sure to come.

我確信你一定知道的。

そのことについて君はきっと知っていると思います。

I am sure you know about it.

我們的勝利已經確定了。

我々の勝利(しょうり)は絶対大丈夫(ぜったいだいじょうぶ)のようでした。

Our victory seemed a sure thing.

sweet 這花兒很香。

この花はよいかおりです。

This flower smells sweet.

他待我非常和善可親。

彼は私にとても優(やさ)しくしてくれています。

He has been very sweet to me.

system 良好的制度產生良好的結果。

好いシステムは好い結果を促成しました。

The good system has yielded good results.

T

take　你可以自行選擇。

あなたは自分で選ぶことができます。

You may take your choice.

請帶我一塊兒去。

どうぞ私を連れて行ってください。

Please take me with you.

他的週薪五百美元。

彼は週給500ドルを取っています。

He takes 500 dollars a week.

你的早飯都是吃什麼呀?

あなたの朝食は何を食べになりますか。

What do you take for breakfast?

你想訂的是什麼報紙?

あなたは何新聞をとりたいのですか。

Which newspaper do you want to take?

taste　我嚐到了人生的苦樂。

私は人生の楽しみと苦しみを味わって来ました。
I have tasted the sweet and bitters of life.

telephone 他每星期來多少次電話?
一週に何回くらい彼から電話がかかってきますか。
How often do you have a telephone call from him in a week?

tell 金錢並非萬能。
金は万事に物を言うとは限らない。
Money will not tell everything.

theme 愛情是詩人們共通的題材。
恋というものは詩人にとっては共通のテーマです。
Love is the universal theme for poets.

through 我們通過英、日語相互理解。
我々は英語と日本語を通じてお互いを理解します。
We understand each other through English and Japanese.

till 我將在這裡住到下星期六。
私は今度の土曜日までここに滞在します。
I will stay here till next Saturday.

time 時間即金錢。

時は金である。

Time is money.

你下一次來的時候，我帶你去那兒。

この次君が来た時に私は君を連れてそこへ行ってあげよう。

Next time you come, I will take you there.

too 你也去嗎?

あなたも行くのですか。

Are you going too?

這手提包太小了。

このハンドバックは小さすぎるですよ。

The handbag is too small.

tour 他到歐洲旅遊去了。

彼はヨーロッパ旅行に行きました。

He has gone for a tour in Europe.

travel 我很想去旅行。

私は非常に旅行したいのです。

I have a great wish to travel.

trip　他從海外旅行回來了。
彼は海外旅行(かいがいりょこう)からもどって来ました。
He returned from his trip abroad.

try　我將試試看。
私はやってみましょう。
I will try my best.

type　這車子正是我想要的樣式。
これがちょうど私のほしいタイプの車(くるま)です。
This is just the type of car I want.

她的美貌是一種新風格。
彼女の美貌(びぼう)は一種(いっしゅ)のニュータイプです。
Her beauty was of new type.

U

understand　這是容易理解的。
それは理解しやすいのです。
It is easy to understand.

我將說明對其理解之處。
私はそれに関する理解を説明したいのですが。
I will explain what I understand by it.

unite　他倆已結婚了。

あのふたりは結婚しました。

They are united in marriage.

我父親和我共同向你的成功致賀。

私の父と私ともにあなたの成功を祝(しゅく)します。

My father unites with me in congratulating you on your success.

unknown　這本書是一位無名作家的作品。

この本はひとりの無名作家(むめいさっか)の作品(さくひん)です。

The book is written by an unknown author.

until　一直到我來到中國之後，方才曉得它是怎樣的一個國家。

中国に来てから始めて中国はどんな国かということをわかったのです。

It was not until I came to China that I knew what kind of a country she is.

use　我的一些參考書天天都用得著。

私の若干(じゃっかん)の参考書(さんこうしょ)は日々の使うものです。

My books of reference are in daily use.

每天散步已成了他的習慣。

毎日、散歩するのがもう彼の習慣だった。

It was his use to walk everyday.

usual　她遲到了，一向是如此。

彼女は例のとおり遅れました。

She was late, as usual.

他比平常早起床了。

彼は日常よりも早く起きました。

He got up earlier than usual.

utmost　我將竭力爲你效勞。

私はあなたのために一生懸命やります。

I will do the utmost I can for you.

V

vacant　這屋子仍舊空著。

この家屋にはまだ空いています。

The house is still vacant.

空著的坐位。

あいている座席。

A vacant seat.

value　這書有相當的價值。

この本はかなり価値があります。

This book has a certain value.

various　我有種種理由未能出席會議。

私はさまざまの理由でその会には出席できなかった。

I could not attend the meeting for various reasons.

via　經過臺灣從東京到香港去。

台湾経由で東京から香港へ行きます。

From Tokyo to Hong Kong via Taiwan.

view　我同意你的見解。

私はあなたの見解を同意します。

I agree with you in your views.

眞是絕妙的風景呀!

本当にすばらしい景色だ。

It was an exquisite view!

violin　他拉小提琴給我們聽。

彼は私たちのためにバイオリンをひいてくれました。

He played the violin for us.

visit　我昨天訪問朋友張先生。

私はきのう友人の張さんに会いに行きました。
I visited my friend Mr. Chang yesterday.

vote 選舉投票權。
選挙投票権。
The right to vote.

日本婦女在戰前無選舉權。
日本の女性は戦前に選挙権がありませんでした。
Japanese women did not have the vote before World War II.

voyage 一路平安。
どうぞご無事で行っていらっしゃい。
Make a good voyage.

W

wait 稍等一下。
ちょっと待ちなさい。
Wait a moment, please.

等什麼呵？
何を待っているのですか。
What are you waiting for?

want　　你想讓我做什麼？

君は私に何をしてほしいのですか。

What do you want me to do?

watch　　看電視的棒球賽。

テレビで野球試合(やきゅうしあい)を見る。

Watch a baseball game on TV.

well-known　　日本以風景明媚著名。

日本は景色(けしき)が美しいので、有名です。

Japan is well-known for its beautiful scenery.

what　　你怎麼啦？

君はどうしたのか。

What is the matter with you?

他是什麼樣的人？

彼はどんなふうな人ですか。

What is he like?

whatever　　無論做什麼事情，要好好地做。

どんなことでも、よくやってくれ。

Whatever you do, do it well.

when　　讓我曉得你幾時回來。

あなたはいつ帰るか知らせてください。
Let me know when you will come back.

他小的時候，很頑皮。
子供時代の彼はとてもいたずらだった。
When he was a boy, he was very naughty.

whenever　他無論什麼時候出去，總是拿把傘。
彼はいつでも出かける時はかさを持って行きます。
Whenever he goes out, he always take an umbrella.

where　貴國是那一國家？
お国はどちらですか。
Where do you come from?

which　你要買那枝筆呢，是這一枝還是那一枝？
どちらのペンを君は買いますか、これですかそれともそれですか。
Which pen will you buy, this one or that one?

while　該工作的時候就工作，該玩的時候就玩。
働く間は働き，遊ぶ間は遊び。
Work while you work, play while you play.

who　他是誰？

彼はだれですか。

Who is he?

我不認識他是何人。

彼は誰であるか私は知らない。

I don't know who he is.

現代名人錄。

名士紳士録。

Who's who.

whoever　不管是誰，來的人就歡迎。

だれでも来る人は歓迎する。

Whoever comes is welcome.

whole　我常常一整天待在書齋內。

私は常にまる一日書斎におります。

I often spend a whole day in my study.

whom　這個人就是我昨天會見過的。

この人は即ち私昨日会った人です。

The man was whom I saw yesterday.

whose　那些書是誰的？

それらの本はだれのですか。
Whose are these books?

why 爲什麼你那樣認爲?
どうして君はそういう風に思うのですか。
Why do you think so?

爲什麼那樣呢?
どうしてそうなのか。
Why so?

爲何不呢?
なぜそうでないのか。
Why not?

那就是我何以這樣說的原因。
それは私はそう言う原因なんです。
That was why I said so.

wonderful 眞是愉快的一次聚會。
私たちはすてきなひと時を過ごしました。
We had a wonderful time.

X

X-ray X光照像。

エックス線写真。

An X-ray photograph.

愛克斯光檢查。

エックス線検査を受ける。

Have an X-ray examination.

Y

year 今年・去年・明年。

今年・昨年・来年。

This year・last year・next year.

後年・前年・年年。

さ来年・おととし・来る年も来る年も。

The year after next・the year before last・year after year.

young 他雖然年輕，卻很老練。

彼はまだ若いですが、経験が老練ですね。

He is young in years, but old in experience.

專供徒步青年或腳踏車旅行的旅館。

ユースホステル。

Youth hostel.

Z

zero　零下三十度。

零度(れいど)以下(いか)三十度(さんじゅうど)。

Thirty degrees (30°) below zero.

zone　這兒是臺北的一個住宅區。

ここは台北の一つの住宅(じゅうたく)ゾーンです。

Here is a residence zone of Taipei.

zoo　動物園裡有很多珍奇的動物。

動物園(どうぶつえん)の中にたくさん珍(めずら)しい動物があります。

There are many rare animals in the zoo.

△每一部中、日、英字典都是按照字母排列順序或部首筆劃，對每一單字及其構成語詞意義的詳細闡釋。一個單字往往有多種意義，詞句也有的作各式用途，這都可通過字典查得出它的多種、各式意義與用途。因此，我們必須要把字典看做自己一生中可貴的師友。勤不勤查字典是用功踏實與否的考驗。

就像把資料注入電腦一樣地，把字典裡的單字、詞句注入自己的腦內，在日常接觸書報及一切事物時，都自然會用得著它。愈運用，愈得體，也愈豐富，這就漸漸能領略到四通八達，左右逢源之樂，不知不覺之間，自己便會成爲活電腦與活字典了。

△中國語文的查單字法，以先通曉各單字的所屬部首及其筆劃爲

首要。(此外尙有按照注音符號拼音的發音式，和所謂四角號碼式。)

繼以上日、英語單字造句範例，特再舉出由最少筆劃到最多筆劃的一些中語單字，並加造句附譯日、英語如下:

一　他是一表人材。

彼はハンサムな男だ。

He is a handsome man.

二　他的家是二樓建築。

彼の家は二階建(にかいた)てです。

His home is a two-story building.

三　我的房間在三樓。

私の部屋(へや)は三階にあるです。

My room is on the third floor.

四　四國是日本的一個島。

四国は日本の一つの島です。

Shikoku, is an island of Japan.

五　很多花在五月盛開。

五月にはたくさんの花が満開(まんかい)になります。

Many flowers are in full bloom in May.

六　我們已經在六月裡結婚了。

私たちは六月に結婚しました。

We were married in June.

七　七言八語。

あれこれの意見が多い。

There are all sorts of opinion.

八　八卦算命。

はっけ占(うらな)い。

Fortune-telling.

九　九州是日本的一個島。

九州は日本の一つの島です。

Kyushu, is an island of Japan.

十　十之八九，他會成功的。

じっちゅうはっくは彼が成功しそうです。

Ten to one he'll succeed.

吉　選個吉利日子。

吉日(きちにち)を選(えら)びましょう。

Choose a lucky day.

平　平安是福。

無事はすなわち福です。

Safe and sound, that is good luck.

好　好了嗎？

よろしいですか。

Is it all right?

祈　他祈禱神明保佑。

彼は神様へ助けてくださるようにと祈りました。

He prayed to God to help him.

春　春節（中國之農曆新年）

春の祭り。

The lunar New Year festival.

政　他是一個政論家。

彼はひとりの政治評論家です。

He is a political commentator.

校　我們的校園非常廣大。

我々のキャンパスは非常に広い。

Our campus is very wide.

猜　我猜中啦。

私の予測が当りました。

I guessed right.

發　臺北的發展令人驚異。

台北の発展(はってん)は目(め)を見張(みは)るばかりだよ。

The growth of Taipei is amazing.

最　最初我就曉得。

そんなことは最初(さいしょ)から分(わ)かっていた。

I knew that from the beginning.

皆　皆大歡喜。

みんな大喜(おおよろこ)びだ。

Everybody looking satisfied.

能　她能講日語和英語。

彼女は日本語(にほんご)と英語(えいご)が話(はな)せます。

She can speak Japanese and English.

笑　我們大笑了一場。

私たちは大笑(おおわら)いをしました。

We had a hearty laugh at it.

特　她是一家報館的特派員。

彼女はある新聞社の特派員です。

She is a correspondent of a newspaper.

美　　你是去美容院嗎？

あなたは美容院(びよういん)に行くのですか。

Are you going to a beauty parlor?

素　　我是一個吃素的人。

私は菜食主義者(さいしょくしゅぎしゃ)です。

I am a vegetarian.

常　　我常常去訪問他。

私は常(つね)に彼を訪問(ほうもん)します。

I have often visited him.

習　　你是跟誰學習日語的？

だれについて日本語を習(なら)ったのですか。

Who did you learn Japanese from?

等　　你在等人嗎？

だれかを待(ま)っているのですか。

Are you waiting for somebody?

許　　我們等火車等了許久。

我々は汽車(きしゃ)を長いこと待ちました。

We had a long time for the train.

舒　　我睡得很舒服，在這舒適的房間裡。

気持ちのよい部屋で気持よく眠りました。

I had a good sleep in a pleasant room.

笨　笨蟲! 今天四月一日是愚人節呀!

ばかだね、きょう四月一日は万愚節だよ!

How foolish! The first of April is All Fools' Day.

設　這個公寓的設計不錯。

このアパートのデザインはわるくない。

The design of this apartment is well.

補　在臺北有很多補習班。

台北では、たくさんの塾があります。

There are many extension schools in Taipei.

試　學生們全是爲了準備考試。

あらゆる学生たちは試験のために勉強しているのです。

All students prepare for an examination.

説　請説明這個單字的意思。

この単語の意味を説明してください。

Please explain the meaning of this word.

愛　他愛上了一個女學生。

彼はある女学生に恋をしている。

He loves a girl student.

資　這份資料很有用處。

この資料はとても役に立ちます。

This deta is very useful.

夢　昨天晚上做夢，夢見了她。

私は昨夜彼女に会った夢を見ました。

I dreamed of seeing her last night.

聞　他是聞名天下的小說家。

彼は世界有名な小説家だよ。

He is a world-famous novelist.

話　我喜歡聽新的話題。

私は新しいトピックを聞くのが好きです。

I'd like to hear some new topics.

歷　那都成爲歷史了呵。

それはみんな歷史になりました。

That is all history.

隨　他太隨便了呀!

彼はあまりにも勝手すぎるだよ。

He is too selfish!

結　我的結論是：這是一個好計畫。

私はこれが好いプランだと結論を下した。

I concluded it to be a good plan.

亂　不要亂講!

でたらめ言うな。

No nonsense!

錢　他很會賺錢。

彼は金儲けのうまいんだ。

He is a moneymaker.

飯　你吃了幾碗飯?

飯は何杯食ったのですか。

How many bowls of rice did you eat?

喝　這水可以喝嗎?

この水は飲めますか。

Is this water all right to drink?

精　這一段是本書最精彩部分。

このへんはこの本の最も精彩なところです。

Here is the most attractive part of this book.

輝　你有輝煌的前程。

君の前途はかがやかしい。

You have a brilliant future.

慶　你進了大學，可慶可賀。

大学入学おめでとう。

I heartily congratulate you on your entrance to the university.

樂　他以蒐集舊書爲樂。

彼は古本を収集することを楽しみにしています。

He took delight in collecting secondhand books.

願　你願意找那一類工作？

どのような仕事がお求めですか。

What kind of work do you want to do?

辯　他是一位長於辯論的論者。

彼は雄弁に長ける論者です。

He is an eloquent debater.

聽　你聽！那是什麼音樂呀？

聞きなさい、あれは何の音楽ですか。

Listen! What's that music?

讀　我能讀日文，可是卻不會講。

私は日本文は読むことができるけれども、話すことはできません。

I can read Japanese but can't speak it.

齒　李先生是位齒科醫生。

李さんは歯科医師です。

Mr. Lee is a dentist.

豐　她寫小說全靠豐富的想像力。

彼女は豊かな想像力によって小説をかいています。

She writes novels by her fertile imagination.

題　她的小說題目是「一個老人」。

彼女は『ひとり年寄』という題をつけました。

She gave the title "An old man" to her novel.

鬆　感覺很輕鬆。

気分が楽になってきた。

I am feeling relaxed.

戀　請爲大家唱一首戀歌。

一つ皆のために恋歌を歌ってください。

Please sing us a love song.

讓　讓他做他自己喜歡做的事吧。
彼の自分したいことをさせなさいよ。
Let him do what he will.

親　我有很多親戚朋友。
私は大勢の親類と友達があります。
I have many relatives and friends.

黌　「黌」這個字是學校的意思。
「黌」という字は学校という意味です。
The word “Huang”, it means school.

艷　她的面孔艷麗。
彼女の顔は魅力的だ。
She has a charming face.

籲　他們呼籲我們支援。
彼らは私たちにささえを呼び掛けました。
They appealed to us for support.

△依照臺北出版的《國語日報辭典》所收資料來看：(1)計共有單字九千零九十八個；(2)其以字與字結合而成的詞句則有三萬零三百三十個；(3)一個成年人在日常生活中能有效運用的詞句數量，大約在兩萬到三萬個之間。

在這裡特再度強調一次勤查字典的重要性，準備多種的中、日、英語對照互譯字典，隨時查譯三者同義字與句，用之於日常閱讀、寫作、談話，乃是大大提高學習外語興趣和進步的最佳途徑。

滄海叢刊書目㈠

國學類

中國學術思想史論叢㈠～㈧	錢　　穆　著
現代中國學術論衡	錢　　穆　著
兩漢經學今古文平義	錢　　穆　著
宋代理學三書隨劄	錢　　穆　著
論語體認	姚式川　著
西漢經學源流	王葆玹　著
文字聲韻論叢	陳新雄　著
楚辭綜論	徐志嘯　著

哲學類

國父道德言論類輯	陳立夫　著
文化哲學講錄㈠～㈤	鄔昆如　著
哲學與思想	王曉波　著
內心悅樂之源泉	吳經熊　著
知識、理性與生命	孫寶琛　著
語言哲學	劉福增　著
哲學演講錄	吳　怡　著
後設倫理學之基本問題	黃慧英　著
日本近代哲學思想史	江日新　譯
比較哲學與文化㈠㈡	吳　森　著
從西方哲學到禪佛教 —— 哲學與宗教一集	傅偉勳　著
批判的繼承與創造的發展 —— 哲學與宗教二集	傅偉勳　著
「文化中國」與中國文化 —— 哲學與宗教三集	傅偉勳　著
從創造的詮釋學到大乘佛學 —— 哲學與宗教四集	傅偉勳　著
中國哲學與懷德海	東海大學哲學研究所主編
人生十論	錢　　穆　著
湖上閒思錄	錢　　穆　著
晚學盲言（上)(下)	錢　　穆　著
愛的哲學	蘇昌美　著
是與非	張身華　譯
邁向未來的哲學思考	項退結　著
逍遙的莊子	吳　怡　著

莊子新注（內篇） 陳冠學 著
莊子的生命哲學 葉海煙 著
墨子的哲學方法 鍾友聯 著
韓非子析論 謝雲飛 著
韓非子的哲學 王邦雄 著
法家哲學 姚蒸民 著
中國法家哲學 王讚源 著
二程學管見 張永儁 著
王陽明 — 中國十六世紀的唯心主義哲學家 張君勱著、江日新譯
王船山人性史哲學之研究 林安梧 著
西洋百位哲學家 鄔昆如 著
西洋哲學十二講 鄔昆如 著
希臘哲學趣談 鄔昆如 著
中世哲學趣談 鄔昆如 著
近代哲學趣談 鄔昆如 著
現代哲學趣談 鄔昆如 著
現代哲學述評㈠ 傅佩榮編譯
中國十九世紀思想史（上)(下） 韋政通 著
存有・意識與實踐 — 熊十力體用哲學之詮釋與重建 林安梧 著
先秦諸子論叢 唐端正 著
先秦諸子論叢（續編） 唐端正 著
周易與儒道墨 張立文 著
孔學漫談 余家菊 著
中國近代新學的展開 張立文 著
哲學與思想 — 胡秋原選集第二卷 胡秋原 著
從哲學的觀點看 關子尹 著
中國死亡智慧 鄭曉江 著
道德之關懷 黃慧英 著

宗教類

天人之際 李杏邨 著
佛學研究 周中一 著
佛學思想新論 楊惠南 著
現代佛學原理 鄭金德 著

絕對與圓融──佛教思想論集	霍韜晦著
佛學研究指南	關世謙譯
當代學人談佛教	楊惠南編著
從傳統到現代──佛教倫理與現代社會	傅偉勳主編
簡明佛學概論	于凌波著
修多羅頌歌	陳慧劍譯註
禪話	周中一著
佛家哲理通析	陳沛然著
唯識三論今詮	于凌波著

自然科學類

異時空裡的知識追逐──科學史與科學哲學論文集	傅大為著

應用科學類

壽而康講座	胡佩鏘著

社會科學類

中國古代游藝史──樂舞百戲與社會生活之研究	李建民著
憲法論叢	鄭彥棻著
憲法論集	林紀東著
國家論	薩孟武譯
中國歷代政治得失	錢穆著
先秦政治思想史	梁啓超原著、賈馥茗標點
當代中國與民主	周陽山著
釣魚政治學	鄭赤琰著
政治與文化	吳俊才著
世界局勢與中國文化	錢穆著
海峽兩岸社會之比較	蔡文輝著
印度文化十八篇	糜文開著
美國的公民教育	陳光輝譯
美國社會與美國華僑	蔡文輝著
文化與教育	錢穆著
開放社會的教育	葉學志著
大眾傳播的挑戰	石永貴著

傳播研究補白　　彭家發 著
「時代」的經驗　　汪琪、彭家發 著
書法心理學　　高尚仁 著
清代科舉　　劉兆璸 著
排外與中國政治　　廖光生 著
中國文化路向問題的新檢討　　勞思光 著
立足臺灣，關懷大陸　　韋政通 著
開放的多元化社會　　楊國樞 著
臺灣人口與社會發展　　李文朗 著
財經文存　　王作榮 著
財經時論　　楊道淮 著
宗教與社會　　宋光宇 著

史地類

古史地理論叢　　錢 穆 著
歷史與文化論叢　　錢 穆 著
中國史學發微　　錢 穆 著
中國歷史研究法　　錢 穆 著
中國歷史精神　　錢 穆 著
憂患與史學　　杜維運 著
與西方史家論中國史學　　杜維運 著
清代史學與史家　　杜維運 著
中西古代史學比較　　杜維運 著
歷史與人物　　吳相湘 著
共產國際與中國革命　　郭恒鈺 著
抗日戰史論集　　劉鳳翰 著
盧溝橋事變　　李雲漢 著
歷史講演集　　張玉法 著
老臺灣　　陳冠學 著
臺灣史與臺灣人　　王曉波 著
變調的馬賽曲　　蔡百銓 譯
黃　帝　　錢 穆 著
孔子傳　　錢 穆 著
宋儒風範　　董金裕 著
增訂弘一大師年譜　　林子青 著
精忠岳飛傳　　李 安 著

張公難先之生平　李飛鵬 著
唐玄奘三藏傳史彙編　釋光中 編
一顆永不殞落的巨星　釋光中 著
新亞遺鐸　錢穆 著
困勉強狷八十年　陶百川 著
困強回憶又十年　陶百川 著
我的創造・倡建與服務　陳立夫 著
我生之旅　方治 著

語文類

文學與音律　謝雲飛 著
中國文字學　潘重規 著
中國聲韻學　潘重規、陳紹棠 著
詩經研讀指導　裴普賢 著
莊子及其文學　黃錦鋐 著
離騷九歌九章淺釋　繆天華 著
陶淵明評論　李辰冬 著
鍾嶸詩歌美學　羅立乾 著
杜甫作品繫年　李辰冬 著
唐宋詩詞選——詩選之部　巴壺天 編
唐宋詩詞選——詞選之部　巴壺天 編
清眞詞研究　王支洪 著
苕華詞與人間詞話述評　王宗樂 著
元曲六大家　應裕康、王忠林 著
四說論叢　羅盤 著
紅樓夢的文學價值　羅德湛 著
紅樓夢與中華文化　周汝昌 著
紅樓夢研究　王關仕 著
中國文學論叢　錢穆 著
牛李黨爭與唐代文學　傅錫壬 著
迦陵談詩二集　葉嘉瑩 著
西洋兒童文學史　葉詠琍 著
一九八四　George Orwell原著、劉紹銘 譯
文學原理　趙滋蕃 著
文學新論　李辰冬 著
分析文學　陳啓佑 著

解讀現代・後現代 ——文化空間與生活空間的思索	葉維廉 著
學林尋幽——見南山居論學集	黃慶萱 著
中西文學關係研究	王潤華 著
魯迅小說新論	王潤華 著
比較文學的墾拓在臺灣	古添洪、陳慧樺主編
從比較神話到文學	古添洪、陳慧樺主編
神話卽文學	陳炳良等譯
現代文學評論	亞菁 著
現代散文新風貌	楊昌年 著
現代散文欣賞	鄭明娳 著
實用文纂	姜超嶽 著
增訂江皐集	吳俊升 著
孟武自選文集	薩孟武 著
藍天白雲集	梁容若 著
野草詞	韋瀚章 著
野草詞總集	韋瀚章 著
李韶歌詞集	李韶 著
石頭的研究	戴天 著
留不住的航渡	葉維廉 著
三十年詩	葉維廉 著
寫作是藝術	張秀亞 著
讀書與生活	琦君 著
文開隨筆	糜文開 著
印度文學歷代名著選（上）(下)	糜文開編譯
城市筆記	也斯 著
歐羅巴的蘆笛	葉維廉 著
移向成熟的年齡——1987～1992詩	葉維廉 著
一個中國的海	葉維廉 著
尋索：藝術與人生	葉維廉 著
山外有山	李英豪 著
知識之劍	陳鼎環 著
還鄉夢的幻滅	賴景瑚 著
葫蘆・再見	鄭明娳 著
大地之歌	大地詩社 編
往日旋律	幼柏 著